心灵瑜伽

The key of youth

青春的那把钥匙

王继颖/著

中国书籍出版社
China Book Press

图书在版编目（CIP）数据

青春的那把钥匙 / 王继颖著 . — 北京 : 中国书籍出版社，
2015.5
ISBN 978-7-5068-4929-6

Ⅰ . ①青… Ⅱ . ①王… Ⅲ . ①散文集—中国—当代
Ⅳ . ① I267

中国版本图书馆 CIP 数据核字（2015）第 108846 号

青春的那把钥匙

王继颖　著

图书策划	武　斌　崔付建
责任编辑	成晓春
责任印制	孙马飞　马　芝
出版发行	中国书籍出版社
地　　址	北京市丰台区三路居路 97 号（邮编：100073）
电　　话	（010）52257143（总编室）（010）52257140（发行部）
电子邮箱	eo@chinabp.com.cn
经　　销	全国新华书店
印　　刷	三河市华东印刷有限公司
开　　本	880 毫米 ×1230 毫米　1/32
字　　数	220 千字
印　　张	9
版　　次	2015 年 6 月第 1 版　　2021 年 1 月第 4 次印刷
书　　号	ISBN 978-7-5068-4929-6
定　　价	45.00 元

目录

第一辑　至爱：温情靠岸就是家

第二辑　师心：情宜有声，爱应有形

第三辑　世情：背景人物，照亮主角人生

第四辑　顿悟：别把春天藏在心底

第五辑　追溯：守住发芽的梦想

第一辑

至爱：温情靠岸就是家

茫茫人海，温情船一般随着孩子们的需要移动，不管驶到哪里，温情靠岸的地方，不就是人们风雨晨昏恋着的家吗！

温情靠岸就是家

那一年，女儿读高一。

雨后，潮湿的黄昏，我提着保温桶，等在女儿上学的高中校园门口。校门斜对面，是一字排开的小吃摊儿。铃声响过，学生们潮水般涌出来，踏着积水冲向小摊儿，围成一个个密不透风的圈子。很快，便有学生从圈子里挤出来，拎了吃的往回跑，急火火的样子，看得人心疼。下午课程结束到晚自习前，是孩子们的晚餐时间，只有 30 分钟，哪来得及回家吃饭？

女儿跑出来，接过盛着热饭菜的保温桶走进校门。我转身准备往回走。刚才只注意了校门对面，原来校门这边的马路上，几辆汽车也一字排开。隔着车窗，见里面有学生坐在座位上，端着餐盒吃饭。

汽车队伍旁，一辆三轮车格外显眼：旧的车身，洁净的雨篷，塑料窗内坐着一个清瘦的男孩儿，左手端白瓷缸，右手拿筷子夹饭菜。车篷门边的中年男人，个子不高，身子单薄。清冷的空气映着他脸上的皱纹和发间的银丝，衬得他温情的笑容有些突兀，不由得让人侧目。更刺眼的是车门边还倚着一只拐。我站在离他们几步远的人行道上，眼里突然就渗出泪花。十多分钟过去，男孩儿在中年男人的帮助下从车内出来，拄上拐，笑着对中年男人说："爸，你回去吧，路上小心点儿。"男孩儿深一脚浅一脚地往校内走，不协调的步子却掺了轻快的节奏。中年男人知足地望着儿子走进校门，慢慢地调转三轮车，悠悠地远去。

那个雨后的黄昏，我第一次给女儿送饭，第一次看到送饭的家长们，走着的，骑自行车的，蹬三轮的，开轿车的。后来送饭的次数多了，等待的时间里，开始和家长们搭话。职位高低、贫富美丑，在这校园门口，竟模糊了界限。这些大人们，在等待的时刻，在把热热的饭菜递到孩子手里的时刻，在车内或三轮车边看孩子夹菜扒饭的时刻，脸上都盈满温情。这温情如阳光一样，让校门口，有了家的温暖。日日月月，有他们驻足的路面，有他们停靠的轿车或三轮，都依托营养美味的饭菜，载着份浓浓的关切和慈爱。

茫茫人海，温情如船一般随着孩子们的需要移动，不管驶到哪里，温情靠岸的地方，不就是人们风雨晨昏恋着的家吗！

女儿的花好月圆

女儿高三时的一天，我一如既往地赶到高中校门口，等着晚自习结束的铃声响起，接即将高考的女儿回家。天上的圆月，晴朗清凉，有清爽的风相伴，归家的路上充满了诗情画意。到植物园外的路上，女儿遗憾地说：“天天路过这里，都没时间停下来看看栅栏里的那些蔷薇。”

记得一次考试后放假，我带女儿去植物园，将园里的花草一一介绍给她，告诉她它们的名字和花期。自此女儿对花草，便多了一些关注。小区里的樱花开时，女儿指点给我看；四月兰开了，女儿也欣喜。之前几天，中午接她回家，到植物园外，女儿笑着说：“妈妈，你看那些蔷薇花，依着栅栏开得多美丽，原来，‘蔷薇’就是靠‘墙’开的花啊。”

女儿无暇驻足观赏的，岂止是这一丛丛蔷薇花！园子里，只和路上的女儿隔了一道栅栏的，是正在香艳着的芍药花。红的、白的、粉的，芍药花张扬着，美丽着，正是青春美好的时光，如女儿一样。可是女儿的绽放，是在书香的校园。那些花儿，与她，隔着高考的栅栏。花期有限，几日的错过，就是一年。

当时，我想："女儿啊，明天，让我们抽出五分钟，去园子里，近距离地望一眼那璀璨的芍药花儿，也在那甜香里醉上瞬间，那么今年，女儿与芍药，就是相识的邻居了。好花为邻，对面不识，会留下遗憾。自然在时光中铺展着她美丽的姿容和动人的芬芳，我们得做个有情的好邻居，不能无视她的绚丽，无闻她的芬芳。希望女儿带着自然的绚丽芬芳和灵气，如芍药一般绽放，成为六月里一朵最美的花儿。"

回到家，女儿将大塑料袋里的一堆空饭盒放到厨房。我对着饭盒们笑，我家的宝贝儿，吃得真好。这堆饭盒，又够我洗上一会儿了。女儿对着我笑："谁让你带这么多。"是真的不少呢，一盒樱桃，一盒豆浆，另两个饭盒里，分别是米饭和肉丝炒豆角。送饭回来时，我将锅里剩下的几根豆角夹起来尝，真香。豆浆也是清香得可爱。那天中午泡黄豆时，不小心，我将黄豆洒得满地滚，蹲在地上，捡了好一会儿才全部捡起。女儿说，她本来不爱喝的，想到我中午捡黄豆太辛苦才一口气喝光。

因为我在网上搜有益高考的饮食，其中有豆类，而女儿不爱吃豆腐，所以想到了榨鲜豆浆。那时候想的是，若女儿能将它们喝光，我愿意每一次都蹲着捡豆。做母亲的，哪一个会与辛苦结仇呢。母亲们记得的，只是辛苦换来的儿女们的健康、快乐、幸福、成功……

那天晚上，我为女儿打完洗脚水，坐在电脑前静静地陪着她学习，轻轻敲字记下当日的点滴，最后催促她刷牙上床。那样的每一刻，于我，都幸福着，温馨着。一如窗外的明月，园里的芍药，不管女儿是否会凝神，是否能感受到挚爱与幸福，我只管朗照，只管怒放。

光的清朗清凉，花的绚丽芬芳，包围着女儿，让她的夜晚，睡得安宁，或者，有一个好梦。

那天，女儿进行了高考前的第一次实战训练，考了语文和数学，我学着不问。唯愿女儿的生命里，永远花好月圆。

最近的期待，最浓的爱

2011 年的端午，是女儿高考的前一天。

早晨，我和爱人送女儿到学校，又去菜市场买菜。豆角、茄子、西红柿、蒜薹、猪肉，装了整整一大袋子。看到女儿最爱吃的新鲜樱桃，也买了一些。回到家，匆匆地洗菜、切菜、切肉、剥葱剥蒜，一切都准备好后，我又赶去一家饭店门口。那里等着一些人，要去一位同事的家乡吊唁。

同事的母亲，端午前一天夜里突然去世。同事的女儿，也参加高考。同事怕女儿受打击，高考不能正常发挥，拜托大家帮忙对住校的女儿封锁消息。想着同事的伤感、担忧和良苦用心，我的眼泪不住地滴落。因为要照顾女儿，我不能随大家去同事的家乡，只能托别人捎去一份心意。

回到家，我用心准备午餐。爱人接女儿回家时，营养丰富的餐桌上，已经香气四溢。饭后，赶紧让女儿休息。

两点钟，女儿起床后，看几眼闲书，在客厅晃一会儿。三点钟，她要去认考场，全家一齐出动。陪女儿进了校门，见到我以前的学生。学生和我说话："老师，差点认不出您了，您比以前胖了。"我笑对弟子，天天给女儿做好吃的，她吃剩的我都吃掉，吃出一身肉来。家长的发福，是因为对孩子的爱啊！

从考场出来，见到母亲去世的同事的女儿。孩子很阳光地微笑着，我心底却颇不是滋味。

晚饭后，女儿兴奋地举着相机跑到我身边，要我陪她下楼到小区花园里拍奇景。她说的奇景，是西天的火烧云。西天的云红艳着，应该预示着第二天的炎热。可女儿不管这些，自顾寻她的风景。天，云，楼，树，草，花，一一入她的镜头。脚下的一块石头，也要拍一拍。她拽一棵草茎，茎上顶着草籽，她就用草籽拼出一颗心的形状在石头上，拍下一道别样的小景，很有意境。

望着拍风景的女儿，我记起许多过往。曾经，自然中的女儿是最快乐的天使。还记得深秋的郊外，在一块萝卜地郁郁葱葱的绿中间，女儿满脸的好奇和欣喜。在郊外，她一定有许多美好的童年记忆，看过大雁，捉过蚂蚱，喂过蚂蚁，听过虫鸣……为了高考，女儿专心向学，牺牲了许多亲近自然的时间。心形的小景里，一定包藏了女儿深切而美好的期待。

一天中，亲人、朋友、同事、学生的短信不时发过来，祝福端午，祝福女儿。这热热的祝福，让六月火热的端午，成了真情的端午。

有一条短信是正在北京读清华的学生发来的，祝福端午的同时，希望女儿保持平常心，自然发挥，考入心仪的大学。还说有需要帮忙的一定尽力，比如可以和女儿聊聊他的经验。我问女儿要不要和这个哥哥聊一会儿，女儿很自信，说没必要。

弟弟说，母亲准备烧香祈祷呢。母亲幼时家贫，只读了四年书。

对于一位从小没读过几年书的老人来说，向神灵祈祷或许是最能表达祝福的方式吧！那一天，我祈愿天地间真的有神灵，被我们爱的付出和片片赤诚所感动。

端午夜，女儿早早入梦。爱人睡不着，悄悄离开新居，开车去了老房子。那一夜，父亲为女儿辗转无眠。爱人的短信，发个不停，有一条我至今记忆犹新："此时此刻，天底下不知有多少父母，内心都难以平静。早些休息，明天以充沛的精力，送孩子参加考试。"

那年端午，我们怀着最近的期待，祝福着女儿，祝福着天下高三儿女，都能笑傲高考，六月圆梦。那最近的期待里，凝聚着最深最浓的爱。

满分的眼睛更重要

中考前体检，女儿的视力，是满分。班上五十个同学，视力达到一点五的，只有两个：一个是学习成绩排在最后的男生，一个是学习成绩名列前茅的女儿。

高考前体检，女儿一点五的视力，再次让全班同学羡慕了一回。初秋，送女儿步入大学的校门，偌大的校园，草青青，树葱茏，花似锦，风景如画。校园四季的美丽，向女儿敞开大门的广阔世界，都将在她明亮的眼睛里清晰地呈现。女儿成长岁月中那无数关切的点滴，星星般在记忆里闪现。

女儿很小的时候，书本、电视、电脑，就成了让她痴迷的好友。我做老师，班上有好几个近视了的孩子。有一个男孩儿，因迷恋电子游戏，才三年级，近视程度就很深了，可是偏偏不肯戴眼镜。座位在第一桌，他看黑板上的字还要努力地向前欠着身子；看书写字时，眯成两道缝儿的双眼恨不得贴到书本上。每每看他，我都心疼得很。对班上的孩子，多了善意的监督和提醒。女儿的视力健康，也早早得到重视。

书本是女儿进步成长的阶梯，不能禁；电视是女儿观望世界的窗口，不能停；电脑是女儿幼时接触到的新生事物，不能避。孩子的自制力有限，做家长的，推不脱护佑孩子视力的责任。我的节假日与女儿同步，可以有更多的时间给她以呵护。当同事朋友们招呼我出去聚会、打麻将、逛商场时，我断然拒绝，亲子时光因此悠长而甜蜜。女儿读童话寓言，我读名家散文；女儿看电视中的动画片，我也偎在她身边；女儿玩儿电脑游戏，我在旁边加油喝彩。每隔四十分钟左右，我会微笑着喊暂停，陪女儿休息十几分钟：白天，到门外闻花看草、仰望蓝天白云，目光追随欢乐的飞鸟；夜晚，和她聊天、做眼保健操、玩耍嬉戏。中考和高考前最辛苦的那段时间，我常常将洁净的毛巾用热水浸过，拧干后给女儿热敷眼部。

女儿去学校上课，离开我的视野，用心的爱却可防患于未然。关于读书写字姿势的口诀，无数次重复提醒：“身坐正，肩放平，眼距书本一尺远，胸离桌面一拳空。”关于课间的安排，我也时时建议：上厕所，喝点儿水，扭扭身体，深呼吸，聊聊天儿，或者到楼道里转一圈儿；有疑难，可以问老师，只要不用眼。工欲善其事，必先利其器，眼睛和大脑，同样是“善事之器”。回家后，女儿告诉我，上课时她是最专注、和老师互动最积极的一个，下课后她是最活泼好动的一个。

为了女儿的视力满分，我在每日食谱上也颇动了脑筋。牛奶天天有，豆芽、菠菜、胡萝卜、橘子、芒果等是常备的蔬菜水果，鱼、瘦肉、动物肝脏等明目类肉食更是变着花样地做。和近视做斗争，是我家的一场持久战，时时警惕，处处设防，餐桌上的细节，当然不能放过。

这场持久战的结果，是女儿视力保持满分的同时，能够博览群书、厚积薄发，学习成绩一路领先。她的微机成绩，也多次获得满分。即使是高考前夕，女儿晚自习回家，依然坚持看新闻联播、全国大学生辩论赛等她喜欢的电视节目。

回头看，这浸着关切爱意的付出如涓涓流水一般汇聚成海，那荡漾的海波，全是欣慰。因为，这滴水聚海的爱，让女儿和书本、电视、电脑亲近的同时，眼里的世界，明亮清晰。

爱，在成长的每一站

似乎很久以前，我就在网络中认识了女作家梅寒。梅寒是笔名。印象中，梅寒住在山东，偶尔听她说，要回广西桂林，她到底在山东还是桂林？这类问题，在读她优雅婉美而真情流溢的文字时，在与她云淡风轻地闲聊时，不止一次在心里嘀咕。这类问题，曾经问过，但含糊起来时，若不翻查聊天记录，常常想不起来。

然而，有些东西永远不会含糊：梅寒女儿的小名淼淼，而我女儿的小名苗苗，只是上声和阳平的区别；淼淼和苗苗，虽然相差几岁，然而，出生月日，都是 9 月 24 日；我家苗苗钢琴已达表演级，她家淼淼远赴香港参加过古筝大赛；疏懒的我用零星文字记录过苗苗的成长，勤奋的她每天辛苦笔耕之余坚持给淼淼记成长日记；她已出版饱含浓情挚爱的亲子书《做孩子的天使妈妈》《做快乐的中等生》《做女儿的第一个闺蜜》……清楚记得这些，是因为，在文字背后，我和她，都是深爱孩子，希望女儿健康幸福、阳光成长的母亲。

一个幼儿园的男孩儿，与妈妈分别几天，就知道在电话中问寒问暖，关切的言语，让人心动。妈妈坚持记录着他的童言稚语。“儿子患了感冒，一直在发烧，小脸总是红扑扑的，食欲很差。看着他日渐消瘦的样子，我很着急。这天晚上，我给儿子吃过药后，拿了一个又红又大的苹果。他看着苹果对我说：‘妈妈，苹果这么红，是不是也在发烧呢，赶快给它喂药吃吧！’”这爱的记录，必将潜移默化地影响孩子，成为孩子一生最宝贵的财富，而母亲，也必会在这财富的创造过程中收获幸福。

问及母亲们对孩子的希望，一位母亲说：“希望我们能帮女儿养成良好的学习习惯，增强自信！”另一位母亲说：“最希望儿子高高兴兴、健健康康地成长，在性格上越来越开朗、活泼，结交更多的好朋友，还希望他能慢慢读懂父母及他人的关爱，慢慢地学会去关爱别人。我会尽可能多地陪伴他，多和他一起做事，在亲近和了解中助他成长。”

大二暑假，女儿参加了学校组织的社会实践，到天津进行家庭金融经济调查。8月5日中午十二点，女儿乘坐K258次列车，从成都出发，经过德阳、江油、竹园坝等30站到达天津。车次，是苗苗爸短信问出的；经过的各站，是苗苗爸从网上查出的。女儿在列车上时，他不停地发短信向我汇报女儿行程：“女儿上车了，软卧，下铺。”……“女儿到十堰了。”……“女儿三点四十三到郑州。”“苗苗明早六点到天津。”……

作为父母，我们对孩子的深爱早已成为习惯。即使孩子飞翔的羽翼已逐渐丰满，孩子展翅的天地已广阔高远，我们仍然像小时候带她出游时一样，清楚地知道她经过的每一站。

每一家的爱，都大抵如此吧。

云中谁寄“午餐”来

在一个晴朗的上午，我乘坐从石家庄至成都的航班，飞行在近万米高空的蓝天白云之间。舷窗外，我观赏着流变的云海。在蔚蓝的天空和正蓬勃着初夏生机的大地之间，各种各样的云翻卷滚动，向天际汹涌而去。我的思绪亦如云，朵朵团团，茫茫不尽地流动。

时近正午，肚子咕咕抗议起来。为了从几百里外的家中赶到机场，我半夜就起来，只囫囵吃了几口东西。空姐的声音响起来：“旅客朋友们，稍后给大家发午餐。”午餐极简单，一小盒米饭，一小盒腌制的胡萝卜丝和笋丝，一小袋榨菜，一小块儿面包。想必人们是吃不饱的。午餐远不如家中的寻常饭菜可口。在飞机穿越气流的颠簸之中，我吃着这飞机上的午餐，一颗心却径直牵挂起大地来。

大地上，距石家庄三千多里的成都，有我那正在读大学的女儿。那个周六清晨四川雅安的一场地震，将女儿从熟睡中晃醒。女儿跑出楼外，第一时间给我打来电话，我开始日夜不休地担忧与牵念。

短短三天的假期，便让我登上飞机，穿云破雾，直奔女儿飞去。沉重的拉杆箱里，装着几袋女儿想吃的家乡驴肉，她说要和同寝室的姐妹们分享。或许，这穿云破雾下西南的美味驴肉，会很快成为孩子们的“午餐”，给她们的午餐添一点儿营养和滋味。

女儿在家时，我极精心地为她准备一日三餐，特别是午餐，丰盛美味。女儿爱吃是前提，更考虑到荤素、营养、色泽的搭配。女儿大快朵颐，每每满足地冒出一句：“真好吃！”女儿远赴成都读大学不久，便在 QQ 个性签名上写：“每个想家的孩子心中，都有一份飘香的菜谱。”我留言问她想吃什么。女儿回复：“想吃你做的炸茄盒，想吃你炒的鱼香肉丝，想吃你炖的猪肉酸菜，想吃削皮后切成小块插上牙签的苹果，想吃……”未看完回复，我鼻子一酸，眼前就模糊了。于是，四处奔波，购得女儿爱吃的家乡豆腐丝，北京烤鸭、果脯、糕点……在一个夜里，带着这些美食乘上飞机，越入高空，穿行在被夜色吞没的茫茫云海中直向西南。

大地上，距石家庄几百里的农村，有我年近古稀的母亲。二十多年前，我离开家乡到外地读书。正值为赋新词强说愁的年纪，我品着李清照“云中谁寄锦书来”的相思情味，收到的却是母亲寄来的包裹。包裹中，除了换季的衣物，还有带着结实洁净包装的江米条、动物形状的饼干、芝麻糖……那一年，母亲在村里开小卖部，这些在当时极稀罕的美食，她舍不得吃，却舍得花邮资给我寄。

女儿放假归家，大大的箱子也都满满的，装着成都的美食。一份份“云中”的美食，载着香甜的爱，曾由母亲那里飞向我，由我这里飞向女儿。那些香甜的爱，也会逆飞而回，由我这里飞向母亲，由女儿那里飞向我。

飞在云端，闲思漫想，对大地更添了深挚的眷恋。因为，我们的至爱亲情，在大地上扎着深深的根，枝叶葳蕤，生生不息。

女儿的月亮

茫茫无际的黑暗中，一枚小小的月亮，遥远，却清明。弯月如闪亮的小船，圆月如点亮的灯盏。有时，月下有几方橘黄或白亮的光，那是宿舍楼或教学楼窗子里的灯光。校园的灯光，相比那枚月亮，显然是可有可无的背景。这是寒假来临前，女儿常发在微信上的照片。

在几千里外的成都读大三的女儿，越近寒假越是忙碌。因为要期末考试，要提前为大四考研做准备。可是再忙，她也看得到天上的那枚月亮。

早晨七点左右，她已走在去自习室的路上。成都的天，还黑着，月亮还没回家。清冷安谧的校园，宿舍楼和教学楼的窗子里，陆续亮起励志的灯盏。几月没回家的女儿，注目天上的那枚月亮，举起手机，虔诚地拍。

夜深了，自习室门口，锁门阿姨开始催促。女儿走出教学楼，走在回寝室的路上。校园的夜，安谧清冷。教学楼和宿舍楼的窗子里，白亮或橘黄的灯光，陆续熄灭。天上那枚由弯变圆、又由圆变弯的月亮，依旧清明着。困倦的女儿，凝视天上的那枚月亮，举起手机，动情地拍。

女儿连发几张月亮主题的照片后，我在照片后评论："宝贝儿，想家了吧？"女儿回："想你了呗……"月下的女儿，或许曾无数次乘弯月之船，借圆月的灯盏，重温那些与月有关的成长记忆。

"月亮光光，装满筐筐，抬进屋去，全都漏光。"月明之夜，我指着窗外的月亮，教女儿童谣。牙牙学语的女儿，每学完一遍，便咯咯地笑。

"月儿明，风儿静，树叶遮窗棂呀……"夜晚，不管窗外有没有月亮，女儿都喜欢听我唱着这首《摇篮曲》入梦。时光在与月亮有关的催眠曲中前行，女儿可以清楚完整地唱出这首歌时，进入幼儿园。

"小时不识月，呼作白玉盘。又疑瑶台镜，飞在青云端。"天真烂漫的女儿，吟诵着小学课本中李白的诗句，感受着夜空中那枚皎洁可爱的月亮。渐渐长大的女儿，读李白的"举头望明月，低头思故乡"，读杜甫的"露从今夜白，月是故乡明"，读王建的"今夜月明人尽望，不知秋思落谁家"……然而，那些借月怀乡的诗句，在日夜享受着我们呵护的女儿读来，再怎么抑扬顿挫，也不能真正地入情入境，读出月明人远、思深念长的情调。

如今，女儿离家，已近两年半。大三之初，她快递给我的化妆品和祝福语已珍藏进我生命里；大二上学期，女儿的《概率论》差点挂科，她在校园小河边的孤独身影还在我心底徘徊；大一上学期，女儿 QQ 上怀乡恋家的签名我记忆犹新；送女儿进入大学校园，分别时她的几滴清泪依旧润泽着我的思念……

如今，女儿微信里这几枚月亮也将永远被我珍藏。异乡月下，再读那些借月怀乡的诗句，女儿一定读出了月明人远、思深念长的情调。

微信里，看到过厦门大学一个女孩的话语："越是寒冷，越是感觉离家又近了一步。"女孩的家，在半年落雪的北方。

微信里，一位武汉的母亲曾说："喜欢安静的我，开始迷电视剧，其实，只是想要屋子里充满声音的那种感觉，就如女儿在家时。"她的女儿，在北京读大一。

在一遍遍翻看女儿月亮照片的日子里，曾收到过一张卡片。正面图案简单得很，背景是浅淡的绿，卡片背面只一句话："亲爱的爹、娘：我很快就回家了，等着我！"看着卡片，朦胧中，眼前有了一片春天，希望像春草一样蓬生。于是，我又开始收拾厨房，研究菜谱，为女儿的归期倒计时。

倒计时的，哪里只是我自己呢？还有忙碌中拍下月亮的女儿，还有厦大女孩和她的父母，还有武汉的父母和他们的女儿……女儿的月亮，就是李白举头遥望的那枚明月，就是杜甫故乡的那枚明月，就是王建"人尽望"的那枚明月，就是所有与亲人分别着的人的月亮啊！

只要有亲情温暖在尘世间，即使在寒冬腊月，这枚思念的月亮，也是一枚幸福的月亮，一枚希望的月亮，一枚可以迎来春暖花开的月亮。

我们在等雨停

在小店吃完早餐，站起身刚要走，雨就泼洒下来。门外挂起沉甸甸的雨帘，帘脚触地，一朵朵雨花四溅。“哗哗啦啦”“噼噼啪啪”……天地间奏起豪放的交响曲。

伞偏偏忘在了宾馆，家亦在千里之外。然而，不带伞怕什么？家再远也无所谓！微信得知，千里之外，门外无雨，时刻牵念我们的爱人，已坐在办公室里。暂住的宾馆，在几十米内；女儿的大学，走百米即至。最关键的，女儿就在眼前，汤足饭饱，脸上挂着微笑。

我和女儿重又坐下，各自从包里掏出一本书，等雨停。

若在大学教室，我会继续啃《大学语文》或《中国哲学简史》，坚持给女儿做好学的典范。只有这琐碎的小店时光，才会闲翻一本旧杂志。随便翻开一页，是台湾作家张晓风的散文《我在》。“我对自己‘只能出现于这个时间和空间’感到另一种可贵，仿佛我是拼图版上扭曲奇特的一块小形状，单独看，毫无意义，及至恰恰嵌在适当的时空中，却也是不可缺少的一块。”纸页间静止的句子，化成一条歌唱的雨线，飞落在我心湖，溅起一大朵涟漪：暑假的大学校园，清晨骤雨中的小店，女儿的时空里，她生命的拼图版上，我是不是不可缺少的一块？

由大三跨向大四的暑假，女儿放弃家中度假的舒适，在学校准备考研。虽然，女儿本科就读的也是全国重点，学业成绩还好，但得知她把全国最知名的学府作为考研目标，做父母的，心仍悬到了嗓子眼。况且，暑假在学校，她是第一次。几夜忐忑，种种的不放心。结果是我不远几千里到女儿的大学，做种种放心的求证。

宿舍里，问与女儿同寝室的女生：“你假期一直在校复习吗？”女生点头。宿舍有姐妹作伴，心放下一点。寝室楼下，问宿管阿姨：“您假期一直上班吗？”阿姨答：“照常上班。”餐厅里，问卖饭师傅：“食堂假期关不关？”师傅答：“三个食堂关两个。我们这个不关，因为有很多不回家的大三孩子，寝室离这儿最近。”……教室外站岗的保安，卫生间打扫的保洁，后勤保障部的管理人员，都答过我类似的问题。如影随形与女儿共度几日，见证了她按时作息，按计划学习，有条不紊，专心备至。做母亲的心终于回到正常位置，也一次次联系千里之外，让那颗父亲的心归位。

雨仍在高音奏乐。我忽然想起什么，从书页上抬起头。体态丰盈的女店主，正坐在桌前吃一碗面。“暑假，店一直开着吗？”我问。校门外的小吃店，女儿最爱来这里。“会开着。头几年暑假要回老家，这两年不回了。这里挺好！”女店主停箸笑答，一脸慈和满足。几米外，她矮小瘦弱的男人，哼着曲儿站在水池边。男人腿边，一桶刚洗好的青菜，鲜嫩欲滴。与女人闲聊。她和男人，为生计离家几百里，来大学旁开店。两个孩子，几年前在老家读书，夫妻俩的心总悬着，寒暑假一到，赶紧回家陪孩子。如今，孩子们都转到小店附近的寄宿中学，暑假在这座城市参加补习班。夫妇俩觉得，有孩子在的异乡，尽管容身处只是小店内的十多平米，却与老家没啥两样，暑假无须再回去。两个孩子于夫妻俩，正如女儿于我和爱人，永远是拼图版上不可或缺的部分。

女儿旁若无人地看专业书，我和小店的男女主人，安然惬意地等雨停。雨声终于变得轻缓，我打着小店的伞，回宾馆取了伞，准备和女儿去学校教室。女店主见我们只有一把伞，举起刚还她的伞，笑容灿烂地递向我。想他们或许也只有一把伞，怕有急用，便摆摆手，谢过她，和女儿走进雨中。

“树在，山在，大地在，岁月在，我在。你还要怎样更好的世界？”回味着张晓风的句子，我高举伞罩住女儿，不觉被淋湿了半个肩。一路，仍是小店等雨停的心情。雨在，伞在，我们在，爱在，还有怎样更好的世界？

代理妈妈

清晨的成都，大学旁边的宾馆里，身边的女儿还未从睡梦中醒来。我点开手机 QQ，屏幕上蹦出一条留言："今天您去自习室，麻烦再注意下高个子、戴眼镜的男生，方便的话，再拍几张照片。"留言的是几千里外的一位妈妈。她的儿子，和我女儿在同一大学同一年级。暑假已近半，儿子为考研报了三个培训班，至今还没回家。

看留言时间，还不到六点。这位妈妈，这么早留言给我，是在和儿子欢聚的梦境中笑醒，还是因思念和牵挂辗转未眠？

我回复一句。她还在线："寒假开学到现在，已经半年见不到儿子了，好想看看他现在的样子。他平时不喜欢拍照，QQ 空间里一张照片都没有。我传您他过去的照片，在自习室看到和他相像的男生，就拍一下给我看。谢谢您了！"隔着千山万水，哪怕一张照片，也能稍稍慰安一颗母亲的心！

为思念和牵挂所苦的，不止这一位妈妈。大三跨向大四的暑假，准备考研的孩子，有很多在校学习。几天前，登陆手机QQ，女儿大学的家长群里，这位妈妈一声呼唤，一大群家长蹦出来。对话框里，行行页页流淌的，全是深切的担忧和殷殷的期盼。比起这些家长，我是幸运的。恰好有假期，便不远几千里到学校，在自习室读书写作，陪伴女儿十多天。当见不到孩子的情绪在家长群里四溢时，我正坐在自习室第一排。回转头，女儿和十几个孩子，正埋头专注于书本。我偷偷用手机拍几张照片，发到家长群里。然后逐项汇报学校假期的后勤保障措施，请大家放心。看到众多孩子认真学习的照片，几位家长欣慰之余，竟细说孩子的相貌特征，让我在自习室留意找寻，“偷拍”单个孩子的“特写”发给他们。那几天，我悄悄换了几个自习室，偷拍了很多照片。有几位家长，竟真从照片上看到了自己的孩子！

大清早留言的这位妈妈，几天前就让我注意高个子、戴眼镜的男生。偷拍几张与她描述的特征相似的男孩的照片，却都不是她儿子。

“怕儿子太累，担心他瘦下来。儿子不舍得花钱，夏天他最爱吃西瓜，前几天电话，说成都的西瓜好贵；他还爱喝酸奶，不知肯不肯买……”看着她发来的话语，我的眼睛湿润了。我要了她儿子的手机号和姓名，决定代她看看儿子。她连连道谢，说儿子的小名叫“小马”。

“小马同学，你好！我是你妈妈的朋友，来学校看女儿。你在自习室吗？在的话，到长廊找我，咱拍几张照片传给妈妈，她太想你了！”坐在几排自习室间的长廊座椅上发这条短信时，我身边的袋子里，是“小马”最爱的西瓜和酸奶。

“谢谢阿姨！我在学校外面上课呢，晚上才能回去。培训班的课上完，我回家一星期。”

"孩子，注意安全！为理想努力奋斗，阿姨为你加油！……"后来，仔细端详给"小马"发去的短信内容，竟那么熟悉。原来，这些话语，我曾反复对女儿说过。

因为第二天早晨就要离开校园，飞回几千里外的家，又怕深夜打扰"小马"休息，便把沉甸甸的西瓜和酸奶放到"小马"的寝室楼门口，请宿管阿姨转交。晚上，我收到"小马"的短信："阿姨，谢谢您！西瓜真好吃，酸奶也极好喝，我尝到了家的味道。您放心，我上完培训班的课就及时回家……"

我把短信给女儿看，女儿微笑："这十多天，你这代理妈妈，做得还不错。你知道吗，我们在学校里，其实也很想家。"这十多天，除代父母们了解大学各项后勤保障情况、偷拍照片、给陌生孩子送水果发短信，我还带女儿和她的同学到校外享受各自家乡美食、代孩子们购买生活必需品、陪孩子们闲聊解压……

代理妈妈的经历，让原本难耐的酷暑时光，变得充实、温馨、柔软而清爽。

出走的路上，她跑丢了鞋子

晚上，她端着一杯温水，轻轻走向女儿房间。打开房门的那一瞬，女儿迅速拉开了抽屉。女儿还没来得及把手中的书放进去，她已看清那花花绿绿的封面。是一本《漫友》，九零后学生中流行的娱乐杂志。中考在即的关键时刻，女儿居然还有这份悠闲！她一把抢过女儿的书，撕烂它的冲动是如此强烈，但随即却犹豫了……

上世纪八十年代初，她在故乡上小学。因为成绩优秀，母亲对她抱了很大希望，每次拿到她满是红对勾的试卷，母亲写满辛劳的脸上都会绽出花儿一样的笑容。母亲总对她唠叨："妈小时候家里穷，只读了四年书。你要是有出息，妈就是卖房子卖地，也供你上大学。"每天晚上，她做完当天的作业，便一科科温习早已翻看过许多遍的课本。课本上每一页甚至每一行字，她都已烂熟于心。她真想有更多的书可以读！

她接触到的第一本课外书，是掉了封面、纸页发黄的《白话聊斋》。借到它时她如获至宝，深夜趴在被窝里看得入迷。坐在缝纫机前忙碌的母亲，见她屋里的灯迟迟不关，隔着窗子喊："闺女呀，该睡了！明天再学吧。"她哪里肯罢休，直到困得睁不开眼，才迷迷糊糊关灯。那本《白话聊斋》，让她认识了蒲松龄，记住了狐仙鬼怪的爱恨情仇。生活被打开一扇窗，她知道了课外书比课本还有趣。

和同学去镇上的书店买笔，她看到底色相同而画面各异的小册子，一本接一本排在书架上。卖书的大伯微笑着介绍，那是《三国演义》系列连环画，共四十九本，好看得很。他给她拿了第一集《桃园结义》，她一页页翻下去，闻着纸墨的清香爱不释手。她看了看定价，一角五分。她用买笔的钱买下了它。那天夜里，这本新买的书令她兴奋不已，很快看完一遍，便又从头看起。

突然，她手中的书被抢走了。母亲不知什么时候进来的，拿着书愠怒地瞪着她："妈这么辛苦供你上学，你不好好学习，竟然偷着看闲书！"那是母亲第一次冲她发火。她不服气，也第一次顶撞了母亲："谁说我没好好学习？看课外书，也是学习！"母亲没收了那本连环画，藏到父母住的屋里。几天后，趁母亲不在，她偷偷去父母屋里翻，在柜子里发现了它。她把它捧在手里，像捧着件失而复得的宝贝！

刘关张结义后又发生了什么？对故事的期待就像肚子里的馋虫一样，于每天的学习之余搅得她心神不宁。

母亲依旧忙碌，似乎忘了她看"闲书"的事。为了让迷人的故事继续下去，她开始找借口向母亲要钱：买本子，买尺子，买橡皮……她偷偷去过书店许多次，问好下一本连环画的价钱，凑够了便偷偷买来看。所有可撒的谎都撒遍了，她瞄上了爸爸脱下的衣服口袋。她从不敢多拿，每次只拿几分或一角两角。小心翼翼加忐忑不安之中，她已读完《三国演义》的第八集《李郭交兵》。八本崭新的连环画，她一本一本铺开，藏在炕角的褥子底下，感到自己是那样富有。

她脑子里的故事越来越多了，也从故事中明白了一些道理。在一堂作文课上，语文老师用抑扬顿挫的声调读她的作文。

那一天，阳光很好。中午放学回家，母亲正在晾晒她的被褥。刚从书店归来的兴奋，顿时从晴空跌落到淤泥里。母亲虎着脸，拉起她的胳膊到了她的房间。八本连环画赫然躺在床上。母亲又夺过她的书包，翻出了她刚买回来的第九集《小霸王孙策》。母亲咬牙切齿地问清连环画的来历，当着她的面把那些可爱的书撕得粉碎。她的心，也在那一刻被撕碎了。撕完书，母亲的手又重重地落在她背上。这个最亲的人，突然间变得如此可恶，她冲母亲声嘶力竭地狂喊一通后，疯一样跑出了家门。

她逃离小村跑到镇上，没有钱坐车，就沿着公路向西北方向狂奔。一辆辆汽车从耳边呼啸而过，有一辆似乎擦到了她的衣服，司机冲她嚷："疯丫头，不要命了！"气喘吁吁地跑了一阵，疲惫的她步子慢下来。忽然，她看到路旁有个脏兮兮的蓬头男子在对她傻笑，正冲她移步过来。她再次飞奔起来，一只鞋子跑掉了，也不敢去捡，甚至连回头也不敢。

夕阳西下的时候，她跑到了县城。光着的那只脚，开始钻心地疼。逃脱家门时的快感早已消失，无家可归的恐惧袭上心头。天黑下来，她才想到去姨妈家。姨妈家就在县城里，母亲带她去过几次。凭着模糊的印象，她磕磕绊绊找了半天，终于进了姨妈的家门。姨妈心疼地侍候她洗脸、洗脚。光着的那只脚被石子硌破了，另一只脚也磨出了血泡。姨妈小心地给她消毒上药。问清了缘由，姨妈叹了口气："你妈文化浅，一心想着培养你读书，却不懂得看课外书的好处，这样粗暴确实不对。你偷拿爸爸的钱，离家出走也不应该。多想想你妈的好处，找不到你，她怕是急疯了……”那时候，县城到小镇的末班车早已开走，县城和村子里都没有家庭电话。姨父到邮电局打电话到镇政府，托人到村子里告诉母亲她的消息。

这一夜她辗转难眠，脑海里浮现出的，竟全是母亲的好：母亲舍不得吃，她却有好饭好菜；母亲始终穿旧衣，她却总有新衣穿；她被栅栏碰掉指甲盖，母亲满脸泪水地背起她焦急地跑向卫生院……她为自己的冲动后悔起来。

第二天，姨妈陪她上了回小镇的汽车，一路上嘱咐她遇事要冷静。回到家，母亲的眼红肿着，眼里满是血丝。母亲搂住她，“哇”的一声哭起来。父亲说，捎话的人送来消息之前，母亲找遍了小镇的每个角落，一直在不停地抹眼泪。

姨妈告诉母亲，看课外书可以开阔视野，丰富学识，还能提高作文水平，并不会影响学习。母亲红肿着眼睛，满脸愧意。几天后，忙碌的母亲放下手中的活儿跑到学校，在语文老师那里验证了看课外书的好处后，跑到镇上给她买来了全套的《三国演义》。

她的课外书渐渐多起来。天空渐渐宽广，飞翔的羽翼也丰满起来。

终于，她也做了母亲。她常常感到，在女儿身上发生的故事，有几分陌生也有几分熟悉。成长的经历，其实是相近甚至是雷同的。她时时提醒自己，溺爱孩子固然不足取，但批评孩子更要慎重。只有对孩子有了更多的呵护与疏导，两代人之间有了更多的沟通与理解，方可避免孩子跑丢那双温暖的鞋子。

价值连城的八百元

事先讲定的工资，只有四百元。老板递过来的工资，却是八百元！

她数出八百元，感激地递向老板："您给多了……"老板微笑着摇手："听我说啊，这工资，只有一半是我付的……"

她静静地听老板叙说，手中的八百元渐渐添了重量。

填报完高考志愿，她望向母亲憔悴的脸，心底生出一股愧意。父母薪水微薄，但从未让她在衣食和学习方面受委屈。即将开始的大学生活，会花掉父母更多的钱。打一段短工，挣一点儿钱，成了她最强烈的愿望。

连续三天，她骑着自行车，在炎阳下的大街上晃来晃去，看哪个店铺外贴有招工启事，就怯怯地进店询问。一些启事是过期的，店里招满了人，启事还来不及揭。有的店主还没听她说明来意，看她一脸稚嫩的学生气，就不耐烦地回绝了她，因为多数门店招的是长期工，临时短工根本不考虑。

第三天黄昏，整个城市，只有一条街没有找了。她拖着疲惫的身子，无力地蹬着自行车回家。进家门，等待她的，依然是桌上香喷喷的饭菜，和高考前没什么区别。母亲说过，再紧张，也不能从孩子嘴里夺食。她的健康，在母亲的生命里永远占第一位。这更增添了她的愧意。晚饭后，她执意要出去。说不定希望就在最后那条街，她不能等到明天，等上一夜，也许那可能的希望就属于别人了。母亲心疼地看着她三天里被太阳晒黑的脸和失落的神情，微笑着劝她："孩子，我和你爸，早就为你上大学准备了足够的钱，这几天，你体会到工作难找钱难赚，爸妈已经很高兴了。找不到工作，就在家好好休息吧。"她执意要出去继续找，母亲只好同意，但坚持陪她去，说正好想出去散步，锻炼身体。

路灯下，母亲微笑着挽了她的手，走进那条她还没有问津的街，出入一家家店铺，耐心地陪她询问。一家家店主，摇头，再摇头。最后一家店，是孕婴生活馆，店老板是个慈祥的中年男人。她和老板说明来意，老板谈吐和善，却依旧摇头，说小店生意一般，已有几个长期店员，又招了几个暑期工，实在不能再多招人了。她尴尬地拉紧母亲的手，想立刻离开。母亲却不急："你舅妈刚生了小妹妹，咱们要买些东西，就在这里选吧。"母亲在一张漂亮的婴儿床前停下，问老板价钱。这样的婴儿床，她从没睡过，小时候，她们家的条件，比现在还差。母亲一反常态，并不讨价还价，只说好一两天来买这张床。或许家里真的是宽裕些了？这让她跌落深谷的心感到一丝慰藉。

第二天上午，母亲果然打电话让舅舅开车过来。母亲嘱咐她在家洗些衣物，就和舅舅去拉小床。母亲回来时，一脸的轻松愉悦，好像完成了一件大事。

那天下午，母亲接到一个陌生电话，才说了两句，就把电话转给她。是孕婴馆的老板打来的，说她可以去店里工作十天，每天付给她四十元工资。她长长地舒了口气。

十天里，她格外珍惜这份得来不易的工作。店里的生意确实不红火，有顾客进来，她热情招呼，殷勤介绍，礼貌相送；没顾客时，她也不闲着，擦地板，擦货架，重新摆置货架和地板上的物品。店里因她的到来，变得整洁清新而且增了生机。

结束短工生活的那天黄昏，老板的话，一字一句印刻进她的生命里："你妈妈买婴儿床时说，如果肯让女儿在店里锻炼十天，她替我付四百元工资。这四百元，就是你妈妈买床时放在我这里的。你的表现实在很优秀，多出的四百元，是我本应付你的……"

爸爸，让我走走您的“天路”

新学期，他在学校的日子愈发难挨。好不容易才盼到周末，可以暂时离开学校这“鬼地方”。他长舒口气，逃命似的从城里奔回山村的家。“儿子，学习有长进吧……”母亲一见他，温柔的问话就在他的耳边想起，让他因暂离书山题海而稍稍暖和点儿的心顿时凉下来。说真的，要不是钱又花光，他才懒得回来。周末和那帮哥们儿泡在一起，比在家爽得多。

他支吾着应对：“嗯，比上学期感觉好多了。爸爸给我的钱，都买了学习资料，连回家的路费都是向同学借的。”母亲沧桑的脸顿时笑成一朵灿烂的山花：“有进步就好。钱不是问题，你爸爸会给你挣，这次走时多带点儿，免得不够花。”还好，爸爸没在家，他的谎话让母亲信以为真。可他还是有些忐忑。

电话铃响了。母亲乐颠颠跑去接。只几秒钟后，母亲就收敛了笑容，灿烂的山花变成愠怒的火焰，大有燎原之势。电话是班主任从城里打来的。他没交学费的事败露了。他哪里肯买什么学习资料，他的钱，都和几个哥们儿挥霍了。打牌，抽烟，下馆子，看录像，逃课到外地去玩儿……开学没几天，生活费就花得一干二净。耽于玩乐的他早习惯了大手大脚地花钱，哪里忍受得了没钱的罪，于是把准备交学费的钱也花个精光。老师催他交学费时，他才意识到问题的严重。这次回家，他本想多向妈妈要点儿钱，再找几个伙伴暂借点把学费补交上。没想到班主任直接把电话打到了家里。

母亲的眼睛被脸上的怒火灼出一滴滴浑浊的泪，她身体微微地抖着，布满眼角的细碎皱纹也时不时抽动着。他想避开步步逼近的母亲，到伙伴家里去躲躲，可母亲发疯似的拦住他，一把拉起他的手，拽着他走出家门。他几次想挣脱，可一向柔弱的母亲突然变得像头发怒的狮子，枯柴似的手死死地钳住他，他只能顺从地跟着母亲走。母亲拽着他一步步向山上走去。

到了山顶，气喘吁吁的母亲终于停下来，松开他的双手。他趔趄一下，站稳身子喘着粗气。他听到一阵热烈的喝彩声，循声望去，不远处的山崖边游人如织。在两座险峰之间，云雾缭绕之中，隐约可见两根细若游丝的铁索。一个身形模糊，穿红衣的身影颤颤巍巍地在两根铁索间辗转腾挪，他时而张开双臂单腿独立在下面的铁索上；时而双脚倒勾住上面的铁索，整个身体倒悬在空中；时而如老鹰扑食突然来个鹞子翻身……那个身影每完成一个动作，他的心都要经历一个被高高抛起又突然降落的过程。他暗暗地攥紧拳头，为铁索上的那个人捏着一把冷汗。他的家乡是风景区，他早就知道这峭壁间有“空中飞人”的表演，小时候爸爸也曾领他看过，可最近几年，因为上学，母亲管得他紧紧的，从不让他到山顶来看“飞人”表演。可今天怎么了，母亲硬把他拉上山，难道就是为了让他看这表演？他看看旁边的母亲，她还在抽泣着，不停地用衣袖抹着眼睛。

游客此起彼伏的呐喊喝彩声，又将他的视线引向悬崖间的“飞人”。他揉揉眼，定定地看“飞人”的身形，越看越像自己的爸爸！

他快步向崖边跑去。站在游人中间，他终于看清了铁索上的那个人：“爸爸！”他失声地喊起来……

爸爸不是给游人照相吗？爸爸不是还做轻松又赚钱的生意吗？怎么会跑到悬崖间走铁索呢？爸爸早就说过走铁索要“提着脑袋过日子”，爸爸难道不要命了吗？……一连串的念头在他脑子里闪来闪去，让他的心跌宕起伏。记忆忽如平原走马，脱缰似的跑出来，他想拉住缰绳却又拉不住。

才几岁，比他大的小伙伴还满山遍野地撒欢游戏，爸爸就把他送进幼儿园。刚开始他还觉得上幼儿园挺新鲜，后来渐渐觉得自己像只被捉到笼里的鸟，没有自由。爸爸把他搂在怀里的时候，常常乐呵呵地用胡子扎着他的小脸说：“儿子，爸爸没文化，飞不出这穷山沟，爸爸一定要让你上学，上完幼儿园上小学，然后上中学考大学，做个文化人，可别再像爸爸脸朝石头背朝天地在大山里受罪。儿子，你好好学文化，爸爸拼着力气给你挣钱。只要与学习有关的，花多少钱咱也不心疼。”

爸爸虽然没文化，可心灵手巧。记忆中，爸爸真的挣过不少钱。最辉煌的时候，爸爸开了几个店，照相馆、录像厅、小卖部……尽管整天忙得没有一会儿闲功夫，可还是笑口常开。

小小的他很快学会了向爸爸要钱，编各种与学习有关的理由，然后偷偷地和小伙伴们吃喝玩乐，来补偿自己被上学夺去的“自由”。上小学时，他就已经养成花钱大手大脚的习惯，顽皮淘气不爱学习，数学英语成绩早早亮起红灯。爸爸却并不灰心，说起供他上大学的事依然劲头十足。为了让他的学习赶上去，爸爸花很多钱给他请了数学、英语辅导老师。他的学习并无起色，顽劣的性情甚至把辅导老师都气走了。爸爸认为乡下条件不好，于是在他上五年级时打算把他转到城里条件好的学校去读书，转学费需要六千元钱。

之后，爸爸听信朋友的撺掇把全部的资金投到一笔新的生意上，转学的节骨眼上，爸爸赔了个血本无归。他的家一下子陷入困境，吃饭都成了问题。六千元转学费成了天文数字。那段时间，爸爸四处奔波，到处求人想给他借学费，可是回到家时常常愁眉苦脸。他提出辍学帮家里挣钱，爸爸却把头摇得像拨浪鼓，说马上就能挣到许多钱。后来爸爸真的又挣到钱了，不久就拿回六千元将他转到了城里上学。他并没像爸爸期望的那样勤奋学习，远离了父母的视线，更加随便地和几个哥们儿吃喝玩乐。可只要他编出合适的理由，爸爸总会欣然地把大把大把的钱递到他手里。

他以为爸爸真的像妈妈说的，又去给山里的游人照相了，还做了轻松且赚钱的生意，想不到竟会是这样！不知不觉间，他的眼里已蓄满了泪水，泪眼朦胧中，爸爸倒挂在上面那根铁索上的脚突然滑了下去，也许几秒之后，就会落入山涧摔得粉身碎骨！听说爸爸的一个师兄就是从这铁索上跌下去摔死的。铁索距下面的深谷，有六十五米高的距离。原来，他看到爸爸的同时，爸爸也看到了他，一分心就不能再专心表演。生死攸关的瞬间，爸爸一把拉住了下面的铁索，缓缓地，一把一把拉着铁索攀爬回崖边。

妈妈哽咽着："儿子，你爸爸怕你知道他走铁索，在课堂上学习不安心，就一直让瞒着你。不走铁索，哪里挣得出你的学费……"

他又愧又悔，当天晚上就写下保证书和学习计划，决心痛改前非。回到学校，他开始拒绝那帮哥们儿，上课努力听讲，课下向老师和成绩优秀的同学请教。然而，冰冻三尺非一日之寒，他的学习基础太差了，他的许多坏毛病也早已根深蒂固，想赶想改，太难太难了！他自暴自弃了。

爸爸得知情况后，又拉着他上了山。这一次，爸爸给他系牢保险绳，要他走一走铁索。他赌气地走上铁索，可没走几步，身子就向一边倒过去，摇摇欲坠。正值寒冷的冬天，雪花飘飞，铁索寒如坚冰，被猛烈的山风一吹，哗啦啦响个不停。他随着铁索剧烈地晃着，看看下面的深涧，被吓破了胆，哭着喊着要爸爸救他。可爸爸强忍着泪，非要他走过去。爸爸几十秒就能走完的铁索，他走了将近两个小时。

这一次走铁索，他刻骨铭心地体验到了爸爸挣钱供自己上学的艰辛。想想自己过去的行为，实在是对不起父母对不起自己。若是继续发展，自己的人生也就走到了一根铁索上，随时有掉下悬崖的危险。

他走了次真正的铁索，他的人生却步入坦途。他彻底改掉恶习，咬着牙度过学习上的一个又一个难关，终于以优异的成绩考入了全国知名的重点大学。

假日里，他学着和爸爸走铁索，也常常代替爸爸去悬崖间表演。走在爸爸的“天路”上，他前进的脚步愈发坚定，盈满爱的心愈发柔软……

隐瞒生日的父亲

我们姐弟三人长到懂得孝顺的年纪，要给父亲过生日。父亲却说，奶奶病逝时，他才五岁，大姑才十三岁。爷爷为养家糊口日夜奔忙，无暇记住孩子的生日，他的生日，是个谜。

大姑去世前，忽然记起父亲出生第二天是牛郎织女鹊桥相会的日子，于是，七夕前一天，便成了父亲的生日。那年，父亲已近六十岁。

我们开始给父亲过生日。父亲年年推托，可挡不住我们的孝心。他总觉得过意不去，所以生日那天，比平常更加忙碌。

父亲六十六岁生日前一天傍晚，我打电话给他，说准备回去给他庆祝。“又到生日了？我都想不起来。”父亲虽不在意自己的生日，但有女儿惦记，声调里自然透着欣慰，“今年的生日，不过了。你明天不要回来，下周再回吧！”我坚持要回，父亲便提出要求，别买什么东西，见到姐姐和弟弟，也不要说他过生日。

晚上十点多，手机铃响，竟是父亲打来的。父亲习惯早睡，以前八点多我打电话，他已进入梦乡。“明天，你还是别回来了，非要给我过生日的话，我和你妈坐车去你那吧。”父亲难为情地说，“你姐姐和弟弟最近生意不好，我怕他们知道了，又花钱。”姐姐和弟弟，都在老家做生意。今年市场不景气，弟弟在银行贷了款，姐姐借了外债。我在事业单位工作，月月有工资，衣食无忧，父亲比较放心。我最近回家，他常常趁姐姐和弟弟不在时唠叨叹息，心疼他们太操劳，担心他们生意总没转机。七月初六正是伏天，早晚都酷热难耐，更别提白天。父亲身体不好，曾三次因心肌梗塞住院。从老家坐公共汽车到我这要三个多小时，我怕他和母亲中暑，便保证：“我回去，坚决不说生日的事，除非他们自己想起来。”

那一夜，习惯了早睡的父亲，不知在床上辗转了多久才入睡。第二天清早六点多，我和爱人刚开车到菜市场，父亲的电话就又打过来：“你什么菜都不要买，我刚买回很多菜。”父母的住处离菜市场有一段距离，他五点钟就去菜市场了吧？

我们回到家，是早晨八点多，父亲已在厨房准备。肉洗得干干净净，菜切得细如发丝，花生、毛豆已经煮熟，满屋飘着清香。我要帮忙，他不同意。一上午，他独霸厨房，变戏法般备好一大桌美味：煮的、拌的、炖的、炸的、炒的，色香味俱全。他早已让母亲给姐姐和弟弟打了电话，只说我回来了，全家聚一聚，十二点准时开饭。

近午，姐姐弟弟都带着爱人孩子回来了。我们和父母围坐桌前，几乎吃光了所有的菜和面条。面对一大桌空了的碗盘，父亲格外开心。开心的另一个原因，是他成功隐瞒了自己的生日，姐姐和弟弟终于没想起那天是什么日子，没有为他破费。

下午离家时，我问父亲累不累，他满脸笑容，绽放着内心深处的满足和快慰：“我又没做什么，怎么会累呢？”

再次回家，遇到一个远房伯父。闲聊中，我说起父亲过了大半生才知道自己生日的事。伯父惊讶："你三奶奶（伯父的母亲）看着他出生的，牛郎织女鹊桥相会的前一天，就是他的生日。你爸十几岁时，你三奶奶就告诉他了。他隐瞒自己的生日，肯定是怕麻烦你们，怕你们花钱破费。"我鼻子一酸，一股暖流淌过心田。我们姐弟，虽各有各的得意，却也各有各的难。父亲帮姐姐看过孩子，帮我装修过房子，帮弟弟过着日子，关切种种，历历在目。默然之间，隐瞒生日，也是父爱的一种方式。

读我千遍

黄昏，婆婆坐在窗前，戴着老花镜，目光落在膝头一本杂志上。她正在读的那页文字，被斜晖染上一层金色。密密麻麻的铅字前，醒目的标题下是我的笔名。婆婆左手捏着杂志一角，右手食指轻放在纸页上，一字一句地指下去，嘴里不时发出轻微的声音。偶尔，她会抬头笑望我一眼，喃喃地赞着："好，好……"

我静静地凝视她。深深浅浅的皱纹，丝丝缕缕的白发，也被夕阳镀上一层柔和的光泽。那余晖罩着的，不是青春远逝的苍凉和体弱力衰的伤感，而是一份明快的欣喜和轻松的自豪。这喜悦和自豪，那么熟悉，一转眼，已穿越了二十多年时光。

婚后曾和公婆住在一起。休产假时，同事来婆家，要把登有我诗文的报刊拿去迎接上级检查。婆婆有些吃惊，因为我从没对她提起过发表诗文的事。那时我工作忙，又怀孕生女儿，已好久不写东西。那摞报刊被还回来，婆婆戴上老花镜，一页一页翻找我的名字，逐字逐句读着我那些稚拙的“作品”，脸上绽开喜悦和自豪的花朵。那时候，婆婆刚从医院退休，皱纹尚浅，鬓发间也并不见几根刺眼的银白。

清晰记得婆婆那时的话语：“想不到儿子娶回个才女，这真是我们的福气。你有这么高雅的兴趣实在难得，千万别丢掉！我和你爸身体还好，孩子和家里的事，你就不要管了。”从那时起，婆婆每天高高兴兴帮我们看孩子，并和公公承包了所有的家务。

逝者如斯，在单位我依旧忙碌，回到家却成了自由的“闲人”，温馨的家成了梦想的天空，任我展开灵感的翅膀，让文字自由飞翔。

搬了家，离开婆婆，她依然关心着我的文字。见我时，电话里，时不时问起，嘱咐我坚持，讨要有我文字的报纸杂志。

二十多年光阴过去，和婆婆又搬到同一个小区。书橱里，已挤满载有我文字的报刊，每一张报纸，每一本杂志，都曾经过婆婆那双愈来愈粗糙的手，被她温柔地翻阅过许多次。婆婆在操持家务呵护孩子的间隙，读着我的那些小心情、小感悟、小温暖、小幸福，喜悦着，自豪着，皱纹渐深，白发也月月年年地多起来。

慈爱勤劳的婆婆，千百遍不倦地读我，给我理解和关切，给我支持和鼓励，在她人生的阑珊秋意里，我的世界，一片春暖花开。

爱是最有力的搀扶

近几年，每次站到公婆家门外，爱人将钥匙插进锁孔、转动钥匙时，动作都极轻。他怕声音大了，会惊动两位老人。有时门从里面反锁了，钥匙打不开门，他便屏息静听里面的动静。待听到客厅里有电视节目的声音，或公婆说话、走动的声音，确定二老没有在卧室休息，他才开始轻轻地敲门。敲门声响几下，里面便传出婆婆快乐的回应："来了！来了……"听到里面的第一声回应，爱人立即高喊："别着急！别着急……"他怕婆婆因着急开门而跌倒。

婆婆跌倒，已不止一次。她关节不好，走路不便，有一次给我们开门时，因走得急，"扑通"一声，跌倒在门内。公公八十五岁，行动极慢；七十八岁的婆婆要年轻些，每次开门的总是她。她跌倒在门里，我们在外面干着急，却不能亲自将她扶起。跌倒在门内的婆婆，爬起来时一定笨拙而吃力，然而她的语调，却仍是轻松快乐的："马上就来！"

拿白菜时，白菜掉在地上，她被白菜绊倒，浑身疼了好几天；在小区门口锻炼时，一辆电车迎面过来，她躲闪不及，被撞倒在地，跌得身上青一块紫一块。这两次跌倒，我们都不在场，也没能亲自搀扶她起来。事后，我们无论付出怎样的关切，想到她跌倒后的疼痛和爬起时的艰难，仍觉愧对老人。可婆婆描述跌倒的情形时，只是轻描淡写，语调一如既往地轻松快乐。

几次跌倒，都证明着，小公公几岁的婆婆也越来越老了。对二老的牵挂更多了几层，关切更多了几重。我们言行举止间透出的爱与关切，一定在老人的心底，发了芽生了根，茁壮成长为一棵叫做满足与幸福的树。即使跌倒，扶着这棵树爬起来，尽管疼痛着，那葳蕤的枝叶，仍会让老人觉得，心有所寄，老有所依吧？

为照顾老人方便，我们和老人买了同一个小区同一栋楼的房子。平时工作忙，无暇天天过去顾及老人的餐饭。周末，爱人将肉和蔬菜大袋小袋地买回公婆家里，便陪着二老聊天。我在公婆的厨房里精心准备饭菜。每次，对着桌上营养美味的饭菜，老人的胃口都格外好，皱纹间都是灿烂的笑。吃完饭，扶二老上床休息。爱人洗刷，收拾好餐厅厨房；我扫地擦地，把客厅卧室清理得一尘不染。

公婆有什么事要外出去办，身体哪里不舒服，我们再忙，也会请了假，开车带他们去办事，到医院检查治疗。二老爱看报，我们就给他们订了几种报刊。到保卫室取报刊，在家翻阅报刊，对公婆的体力和脑力，不失为一种有益的锻炼。

春天，小区对面植物园里的牡丹开了。我便招呼婆婆："我们去看花儿吧！"婆婆听了，自是开心。老公公也精神十足，用鲜绿的新漆，漆他的三轮车。他骑着三轮车，载着婆婆，慢悠悠地，到植物园看花，到街边看风景。他们的幸福，也优哉游哉。邻县的影视拍摄基地，几百里外的桃花林，京郊的卢沟桥头，天津的航母上，都曾留下我们陪老人游玩的身影。

老公公喜欢在楼前徘徊，微笑着目送我们上班，迎我们下班归来，仰望我们小家的窗子。老婆婆喜欢在楼上望。我们的车位，斜对着他们卧室和客厅的窗子。她斜斜地望向我们的车位，我们的汽车泊在车位上，她便觉得幸福而温暖。黄昏归来，我们习惯地望向二老的窗子，窗子里亮着灯，便觉得踏实而心安。

将来，我们也会老得行动不便，偶尔跌倒吧？然而，跌倒了又有什么可怕呢，只要老有所依，有孩子常伴身边，有关切与爱相随，只要心中有一棵满足与幸福的大树，就能得到最有力的搀扶。如今，我们的女儿，正在远方读大学。将来，她的关切与爱，也会成长为我们心中那棵满足与幸福的大树吧？

目光流年

求学时代，离开故乡时，去向八十多岁的太姥姥道别。永远记得她等待的姿势：盘腿坐在炕上，面向窗外，安宁的目光中注满期盼。见我的一瞬，她混浊的眼突然变得清明而富有神采，像暗夜里突然绽开两朵光亮的昙花。

短暂的话别，让两朵昙花快速萎谢。老人家的三寸金莲，连院子里的大门都极少迈出，是无论如何不能随我到车站的。她用一只苍白而枯皱的手捉住我细嫩饱满的手，执意要送我到大门口。她瘦小蹒跚的身子如秋风中一片打着旋的叶子，无声地舞出满怀的关切和凄清。挥手离开，几次回头，她单薄黯淡的身影，还伏在门边。不忍触碰她的目光，空中却处处是她的目光，阳光一样，棉絮一样，轻柔、温暖、深情、不舍。打点行装，这目光装满我的行囊。

如今，太姥姥早已远去，退守到我生命初始阶段的光阴里，成为记忆中最亲切生动且最清晰的影子。穿越时光，回头望，太姥姥的目光渐行渐远，闪烁在岁月的那头。

经历了两个昼夜的剧痛，女儿的啼哭打破午夜的沉寂。喜悦的目光落在她赤裸的小胳膊小腿上，落在她的小脸和好奇打量世界的眼睛上。小小的身子，是我身体的一部分；小小的脸庞，被想象过无数次，仍觉陌生而新鲜；那嫩芽般尚不能清晰望见父母的目光，将在生命的路上与我们的目光交汇，书写凡俗亲情的巨制鸿篇。那一刻，我目光的树完成了成长的升华，树上葱茏着关切、呵护和希冀的叶子。生命中添了这小小的天使，累，并快乐着。在与女儿千万次的目光交汇中，我的目光传递着生命中许多重要的东西，用爱铺平了她成长的路途。

站在成都一所重点大学的门口，将女儿的手松开，看她转身走向校园里青春洋溢的孩子群中，横飞的泪流淌着恋恋别情。从此，在首都边一个小城里，我的目光可以穿透风雨，穿越万水千山，直抵千里之外，感受成都的阴晴冷暖，感受女儿的低眉凝神。祈愿满载着母爱的目光，化作温煦的阳光，日日朗照女儿健康向上的大学时光！

网海中飞来的照片，是女儿大学生活的花朵，带着青春的气息，慰藉我一遍遍凝视的目光：那整洁的衣橱，是女儿亲手整理；舞台上专注于琴键的灵巧十指，让我捕捉到天涯之遥的深情乐音；春日的一串绿芽，深秋的满地落叶，都能触动她爱的心弦；朝气飞扬的笑脸，洋溢着“会当激水三千里”的自信豪情……

但父辈母辈的亲人却抗拒不了疾病和衰老。在阜外医院的特护病房外，亲人们一个个泪眼婆娑。大面积心梗的父亲，即将进行开胸搭桥手术。我将满腔的泪水强咽回去，以微笑的姿势走进病房。那一刻起，我的目光，学会了将担忧和悲伤深藏。

相信我慰安和鼓励的微笑一定感染了父亲，胆小的他，被推进手术室时，微笑的目光中满是重生的自信和希望。

漫长而煎心的八小时后，望眼欲穿的我们终于迎回了深度麻醉中的父亲。疲倦的目光落在他扭曲浮肿的脸上，听着他如雷的鼾声，久久压抑的泪水如潮奔涌。庆幸的是，经过长时间的恢复，手术后的父亲又能微笑着走在我们的目光里，我们又可以沐浴在父亲目光中那份爱的关切里。

不惑的四十，是生命河流中承前启后的年纪，我愿做一颗会行走的太阳，让目光化作千丝万缕的阳光，呵护、关切、慰安、珍惜，让春天充满生机，让夏日生意葱茏，让秋日斑斓多彩，让冬日安静凋零……

迎

电话里，三姨的声音愈发微弱："苗苗回来了吧？昨晚我想着她，一夜没睡……"

被胰腺癌折磨了四个月的三姨，忍着锥心的疼痛，温习着我女儿成长的一幕幕，彻夜不眠。从床上挪到沙发上，从沙发上挪回床上，早已不能平躺着休息的她，这一夜，不知又经历了多少次"翻江倒海"的痛苦，才挨到窗外渐明。然而，想了我女儿一夜，愈发衰弱的她，单薄的声音里却涨满欣喜。

"为迎接苗苗，我花了一个多小时，刷了牙，洗了脸……"倚靠在卧室床边的三姨，望着我寒假归来的女儿，暖暖的笑容浮在苍白憔悴、瘦削变形的脸上。曾经那张饱满光鲜的笑脸若隐若现。

滴水成冰的隆冬时节，故乡的小村，我飞奔进姥姥家的小院，高喊一声："三姨！"古旧的屋门开了，三姨迎出来，饱满光鲜的笑脸太阳般明亮在我眼前。那时候，她声音洪亮，韵律感极强的高音，可以飘出姥姥家的院墙，漾到街坊四邻的院子里。她快乐地呼唤我的名字，迎我进屋，招呼我坐下，和我亲切地交谈。三姨的声音飘漾开去，清冷的空气便有了温暖和幸福的气息。我小小的心沐浴着暖暖的阳光，快乐便如春天解冻的泥土般开始膨胀。和三姨一起迎我的，是她从县城为我带回的礼物：一卷 1 开大的白纸，几支铅笔，几本学习方面的书。她将 1 开的白纸对折、裁开，再对折、再裁开……然后，她一次次穿针引线，缝缝连连，一个个精致的 32 开白纸本就摞在我面前。这些本子，是我一学期的作业本。

寒来暑往，年复一年，我小学和初中时代的假日，做教师的三姨都以这样饱满光鲜的笑脸、亲切动听的高音、平实特别的礼物和动作迎我，激励着我一年年进步和成长，直到我以优异的成绩考入当年热门的师范学校。

在师范学校读书时，每次放假回家，每次从家返校，乘坐火车，县城的火车站，是终点，也是起点。距故乡小村几十里的县城中，三姨的家，成了我一次次停泊的幸福港湾，成了三姨无数次笑迎我的温馨背景。当时拮据的三姨，每每迎我必备的，除了亲手做的美食，还有相当于她月工资几分之一的零花钱。

毕业分配，恋爱婚姻，我都觉得轻而易举，那是因为她无数次的辛苦奔波，劳心费神。她没有诉过一声苦，一如既往迎我的，依旧是热情温暖的丰盈笑容。

长长的疼痛穿透两个微寒的昼夜，难产的我终于从疼痛的地狱中逃生出来，一声响亮的啼哭照亮了疲惫的凌晨。“是个女儿，眼睛睁得挺大呢！”产床边，焦急担忧了两日两夜，陪我迎接女儿降生的三姨，笑容饱满，熟悉的女高音透着释然和欢喜。

因为工作生活在三姨所在的小城，近在咫尺，她对我女儿的关心，胜过了对幼时的我的关心。一次次笑意相迎，她传递给我和女儿的，是鼓舞，是欣赏，是无穷的自信和力量。当女儿以全市文科第三的成绩考入重点大学，到她家辞行时，她盛情相迎的笑容，比向阳的葵花还灿烂。她夸女儿：“苗苗太棒了，真是个小天才！”或许，就是这样温暖明亮的笑容，这样热情四射的话语，给了我和女儿莫大的感染，让我们在生命的途中，一路明媚的阳光，一路希望的绿灯。

在医院的病床上，两腮塌陷的三姨，已不能说话，却还是一脸微笑地欢迎我和女儿。她用手比划着让弟妹找来纸笔，吃力地在纸上写下几个歪歪扭扭的字：“小苗，你喝三色奶吗？”要知道，做过三十多年语文教师的三姨，曾写得一手多么娟秀整洁的字！奄奄一息时，三姨无力地感慨：“这个世界多么美好呀！真是舍不得……”她哪里舍得闭眼，离开她爱的世界，她爱的人们！

大雪飘飞的日子，我们为三姨焚烧着纸钱。漫天的飞雪，飘飘扬扬地从头顶落下，红红的火光里，雪花化作亮晶晶的泪滴，在坟前汇成一圈浅浅的雪泪之河。生前，三姨温暖明亮的笑容，迎过她所有的至爱亲朋，迎过所有与她邂逅在这尘世里的熟悉或者陌生的人。告别尘世，亲爱的三姨，将在这原野上，以恒久静默的姿势，迎我们前来，缅怀祭奠。

从此后，每年清明时节，纷纷的雨中，树上葱茏起来的叶子，原野上生机勃勃的庄稼，坟前明媚起来的野草野花，都是三姨盛情相迎的笑容吧？

生死轮回间，世代相传，最恩泽尘世的，就是一场场温暖热情的笑脸相迎吧？茫茫人海，那数不尽的笑脸，数不尽的笑迎中，是无限延伸的深情挚爱，血脉相承。

“闺蜜”与“问蜜”

送女儿进入大学的第二天，新生到校医院体检。女儿和分在同一寝室的三个女生，携手并肩，欢快地跑向等待的队伍后面。她们青春活泼的身姿和热情灿烂的容颜，让我坚信：这四个来自天南海北的女孩子，将很快成为大学时代的闺蜜。

后来，女儿隔三差五发几张四姐妹的亲昵照片；与女儿通电话和网上视频时，另三个女孩子甜蜜蜜的声音、笑脸也总调皮地挤进我们的耳朵、视线。女儿有寝室的闺蜜们近距离陪伴，作为遥遥关切着孩子的父母，心中自然生出丝丝蜜一般甜的滋味。

父母洒向女儿的爱之阳光，连她闺蜜的籍贯出身都照得清清楚楚。女儿寝室的闺蜜之一，昵称楠楠，是个娇巧伶俐、天姿聪慧、热爱文艺的小女生。楠楠的家乡，在四川广元。

女儿刚放寒假不久，便收到来自四川广元的快递。沉甸甸的盒子，包装很精致。我只看一眼寄件人地址是“四川广元”，便断定这是楠楠寄给女儿的春节礼物。爱人只看一眼盒身的快递单子上写有“问蜜”二字，更对这“礼物”确信无疑：“这楠楠越发调皮，‘闺蜜’故意写成‘问蜜’。”

望着这精致的包装盒子，联想起几天前陪女儿买皮鞋的情形。皮鞋是刚上市的款，买鞋有套包儿赠。大中小三个精致的包包，颜色是亮丽的蓝。女儿很开心：“这套包儿的款式和颜色都适合楠楠，我拍了图片问她喜不喜欢，喜欢就快递给她。”那个瞬间，我兴奋得很，既因为女儿买到了中意的鞋子，又因为女儿对闺蜜的情谊。

望着这“问蜜”的礼物，欣喜着闺蜜对女儿的情谊，甜蜜的滋味儿再次从心中涌起。缕缕甜蜜伴着一份好奇，忍不住想打开盒子一睹为快。女儿正在另一座城市参加培训，要一周后才回，打开盒子看看是什么礼物再电话告知她也不违情理。可转念一想，打开盒子取出礼物的快乐，还是留给女儿享受吧，也算对她们闺蜜情谊的一种呵护和尊重。于是，我小心翼翼将这“问蜜”之礼安放在女儿房间里，欣慰的情绪一直愉悦着身心。

第二天给女儿打电话，照旧对女儿的饮食起居和培训细节关切一遍，最后才抖出寄自广元的礼物一事：“楠楠有好东西给你寄来，快感谢一下！你这闺蜜真够幽默，居然自称‘问蜜’。”

“什么闺蜜，是广元寄来的蜂蜜！那是我专门给你买的，快打开喝吧。”女儿满脸满心的喜悦和自豪，透过这爽快的声音传递过来。

精致的包装盒里，安放着一个贴白色标签的玻璃瓶子，标签上写着“问蜜，唐家河保护区的珍稀药材蜜”。记起来了，女儿刚放假回家给我泡柠檬蜂蜜水，看到家里的蜂蜜快喝完了，就嚷着要给我网购一瓶上好的蜂蜜。只是没料到她的话这么快变成了现实。

由“闺蜜”到“问蜜”，淌着一条爱的河流。只是，自然之河都是单向流动，亲情之河却可以双向流动。为了增进女儿与闺蜜间的情谊，我们给四姐妹快递过家乡特产豆腐丝，千里迢迢乘飞机给她们带去过北京的果脯，在大学里请她们到附近的餐厅吃过饭……连女儿闺蜜之情都关注到的父母之爱，源源不断地流向女儿那里。如今正从女儿那里，以“问蜜”的形式逆流回来。女儿的“问蜜”何止这瓶蜂蜜？还有我们生日时她寄来的关切贺卡，她回家时随时端给我们的温开水、精心为我们准备的一餐美食……流去又流回的爱之水，浓情蜜意，让亲情的河流甜甜美美。

旧时光是座银行

我在博客里珍存着一张旧居的照片。窗明几净的客厅里，两盆红杜鹃花开正盛，红花与白墙上的字画、电子钟上的风景相互辉映。源自旧居的温馨幸福，丝丝缕缕从旧时光中流泻出来。当下的日子，因此增加了甜蜜的浓度。

两室一厅的旧居，在一幢无人管理的楼内。房子交工时，墙壁和屋顶只刷了一层大白，一不小心，白就蹭到身上。我们的小家刚起步，为付房钱，欠下几年才还清的债。高档装修，想都未想。爱人买回一桶白色涂料，已感觉很奢侈。白天工作，晚上，两个人骑自行车穿过半座城，从借住的房子里，来到属于我们的居所，自己动手，粉刷墙壁和屋顶。价值几十元的一桶涂料，兑了水，居然刷靓了几个房间。自己刷上去的这层白，再不会蹭到身上。

搬家时，没钱添新家具，便将结婚时置办的简单家当全转移到这里。小家的希望，像自己刷上去的涂料一样亮堂。两个人，勤奋工作，快乐生活，悉心育女。斯是陋室，然而有简洁的白色背景烘托，幸福像家中的花一样格外鲜丽。君子兰、金达莱、长寿花、芦荟等，都似我们的小女儿，茁壮而富有无限生机和活力。与我有关的某个节日，他也会带回一束花，玫瑰、百合或康乃馨，虽多是三五支，却让平淡的生活溢满芬芳的情趣。还记得小家拮据时代某个情人节，他等到黄昏才跑出去，买回三支降价的玫瑰。花已失了光鲜饱满，玫瑰点缀的生活却滋味无尽。旧居的花，最惹眼的是照片上的两盆红杜鹃，那是他送我的新年礼物。他的心意，我小心呵护，悦目赏心的艳红花朵，便准时赴约般，在客厅中盛开了一年又一年。

小家初起步，最不放心的是我父母。昨天才送来一把崭新的菜刀，今天又送来一张质量上乘的餐桌。有一年，流行带风景画的电子钟，母亲精挑细选，为我买来一个。这电子钟，悬于客厅的东墙上，不仅带有万年历，能准确报时，最喜人的是镜面内花红叶绿，水波旖旎，凝神注目间，让人心旷神怡。父母并不怎么富裕，然而从不乏对儿女的浓情蜜意。

北墙上，是外公题予我的一幅小楷。写字时，外公已近八十岁。为勉励我力争上游，他斟酌再三，写下毛泽东的词《沁园春·雪》，疏朗的布局，端庄的字体，古朴厚重中不失清新灵动。写完这幅字，他亲自拿去装裱店，嘱咐店主精心装裱。在一个阳光明媚的上午，他让姨夫开车带着他，亲自将字框送到我们的小家。慈祥的外公，指着他写下的“数风流人物，还看今朝”，温声慢语地对我说：“你正年轻，又有才华，得积极向上，做‘风流人物’……”

外公的字和话语，寄托着长辈的美好期望。年华正好，怎敢辜负？努力工作，勤俭生活，悉心培养女儿，我也忙里偷闲，坚持追梦，读书，画画，写作。在旧居生活的十五年，井井有条的小家，日子渐渐殷实，女儿愈发优秀，工作、画作和写作，我都小有成绩，多次获奖。得意的画作，多挂在亲友家。画完一幅风中百合，我自认为是残次品，女儿却喜欢得很："多漂亮的画！挂在咱家吧！"客厅的西墙上，便多了这幅百合。

在欣欣向荣的时代，我和爱人不懈奋斗，小家的经济已脱贫致富。女儿健康长大，圆梦理想的大学。人至中年，有了更加丰盈厚重的幸福之感。如今，我们搬入园林式小区内的新居已几年，常常梦回旧居，休闲小憩，瞻望明天，更多地追溯来路。每每回味，都感觉，那些远去的旧时光，如同我们的旧居一样，是存储幸福的银行。有双手，有真爱，有亲情，有梦想，有奋斗……旧居般的旧时光，储蓄着一生都支取不尽的幸福和财富。在新居，在也将变旧的时光里，我们依然会不停地存储。

第二辑

师心：情宜有声，爱应有形

希望所有的孩子，都能将情爱化作潺潺流水般的声音，化作朗月朝晖般的行动，让世界能够闻其声，见其形，感受到他们心灵关切的纯净、温暖与光明。

西瓜·夕阳·希望

李老师没有正式做过我的老师，他曾在我就读的初中教语文和美术。二十几年前，在知识分子凤毛麟角的小村里，清俊儒雅的李老师是傲气的。我中考那年，他的三个儿女，早已成为小村罕有的金龙玉凤，飞入了中师和大学的校园。

因为是故乡的老街坊，我一直称他“大伯”。此刻，面对这个虽背驼发白却依然精神矍铄的老人，嘴里依旧喊着“大伯”，心底却一声声亲切地呼唤：“老师！”

您还记得那只西瓜吗？那年中考，我的成绩远远高过中师录取线，即将参加音体美面试。美术面试要求现场写生，之前没做过写生练习的我，胆怯而茫然。您热心地招呼我到您家。炕中间放着一只圆溜溜的西瓜。您盘腿坐在炕边，左手扶稳夹着雪白素描纸的小画板，右手握着墨绿衣裳的碳铅笔，时而注目西瓜，时而在纸上挥笔。我舒着腿坐在炕沿上，边听您讲解写生的步骤要领，边屏息凝视铅笔在画纸上的轻松舞蹈。圆的轮廓出来了，弧形的花纹出来了，弯曲着的西瓜把儿也跃然纸上了。粗细有致的线条，浓淡相宜的铅色，相得益彰的高光和阴影，让纸上的西瓜和炕中间的西瓜形神合一。

接下来，您将西瓜切开，半个的，瓣状的，盛在托盘里，又放到炕中间。只一会儿，切开的西瓜就活灵活现地跳到素描纸上。您说，别怕，不难，眼前是什么样的西瓜，就将什么样的西瓜挪到纸上，用心观察，老实练习，命运从不亏待有准备的人。示范讲解完毕，您又指导我练习，最后，将一大块汁水可人的西瓜递到我手里，微笑地看着我吃。

面试前的那段日子，还不懂得命运为何物的我，用心观察，老实练习，低头做着一个有准备的人。家里困难，不忍让父母去买西瓜，于是，书包、书本和文具，茶缸、盘子和碗，都成了我描摹的对象。后来得知，您家炕上的那只西瓜，也是为供孩子读书而格外吝啬的您，慷慨为我买回的。多少年过去，我仍记得那只西瓜在炕上和画纸上的模样，记得它甜润的滋味，记得您的一注目一凝神，和那关于“用心”“老实”“有准备”的话语。

您还记得那天的夕阳吗？暑假里的一个黄昏，我在村堤上邂逅散步的您。您指点着绿柳长堤，指点着堤外的青葱庄稼，指点着天边的夕阳和晚霞，字正腔圆地深情吟哦：“夕阳正红，晚霞漫天……”刚刚接触文学的我，在您的指点下，第一次发现，我们身处的自然，竟如此美丽而富有情韵；第一次怀想，写出“夕阳无限好”的李商隐，写出“数峰无语立斜阳”的王禹偁，千年前就是这样指点吟哦的吧？或许就是那时起，我爱上了自然，爱上了文学，也懵懂悟出作文的真谛：用心观察，老实练习，命运不亏待有准备的人。

我终没辜负那只西瓜和那天的夕阳：那年面试，我获得了美术优秀的成绩，顺利进入师范。我开始迷上了绘画和文学，在画室里，在自然和生活中，用心观察，老实练习。因此，个人画展上、学校广播站、文学杂志中，都有了我画作或诗文的足迹。工作后，我仍坚持作画为文，一张张书画比赛获奖的证书和一份份载有我文字的报刊陆续被我珍藏。“用心”“老实”“有准备”成为我做事为人的信条，让我有滋有味儿的工作和生活中，总明亮着叫作希望的美丽灯盏。

第二十八个教师节前，我来到李老师家，再次与他面对面，用嘴和心一起述说与西瓜、夕阳、希望有关的感激之辞。“大伯”则如数家珍地介绍，他的许多学生，在故乡，在小城，在繁华都市，都和他的子女一样，早已成为教育、文化等许多领域的翘楚。他的子女和满天下的“桃李”，记忆中一定也有与他有关的“西瓜”“夕阳”，关乎前途希望、命运人生。从“大伯”淡泊的微笑，我读懂了，那数不清的“西瓜”和“夕阳”，于他只是寻常的责任和生活。

六七年前去看他，还见案几上笔墨纸砚齐全地铺展着。如今，76 岁的他因患白内障已不能作画，但听说我还坚持写作，便滔滔不绝地讲起刘心武、梁晓声和六月河，鼓励我扎根生活，勤于练笔，用心写出自己的一片天地。

李老师身边的老伴微笑地倾听着、热情地附和着，他们在大儿子家含饴弄重孙的晚年生活是幸福的。李老师也一直都是“用心”“老实”“有准备”的吧，所以，一路走来，他的命运，从未负他。晚年的“大伯”“老师”，依然乐享着甜润的西瓜和美好的夕阳。

带你找到家的方向

他是刚上初三时转到我班的。健壮结实的体魄，举动风风火火，与同龄男孩儿相比，眼里藏了许多桀骜和沧桑。听说，上了两年初中，他就辗转了三个学校，应该是个调皮捣蛋的刺毛球吧！对他，多了些谨慎，隔了层小心。

开始，他的刺并不急着扎出来，在我面前，显出一副谦恭的模样。我讲课时，他在座位上专心地听，偶尔会意地点头，或者兴奋地附和几句，声音粗重却掩不住热情。那虔诚的神态，像极了追星的粉丝。

他的反常表现开始于一堂作文准备课。为写一篇以“家”为话题的作文，我引导学生从生活中取材，回味交流父爱母爱的细节。叫他发言时，他却一声不吭，神色黯淡地望向窗外。动笔作文时，别人握笔疾书，他攥着拳头发呆。我几次点他的名字，他却无动于衷。那次作文，他一直没交上来。

那天下午，我刚到校，就有学生偷偷地对我说，他，刚刚在校门口挨打了。我快步走到他座位前，他的半边脸肿着，脖子上鼓起一道淤血的青紫，还未等我开口，他蓦地站起来，脸通红："老师，我保证，这次我绝没有动手，是一群人打我，他们拿着手腕粗的木棍，你看——"说着，他捋起袖子，露出粗硬的手臂和触目的伤痕。他继续说下去："我过去确实有不少毛病，可自从转到您班上，我真的想学好。要不是想到您的要求，我非往死里打他们不可！"说着说着，他开始咬牙切齿，扭曲的愤怒里，我看到他强忍的疼痛。我的心，在那一刻，变得五味杂陈。在这个孩子压抑的愤怒和疼痛里，有着怎样让人心酸的经历？

我想打电话通知家长带他去医院看伤，他冷漠而倔强地摇头："别打了，我早没家了，不用去医院，这点皮外伤，过几天就好了。"

他坚持不说父母的电话，我只好强拉了他去医院。路上，在我心疼的追问下，他诉说了自己的经历：小学四年级以前，他是个品学兼优的孩子。自从父母开始吵闹，他的幸福就被改写。父母离婚，各自有了新家，他被判给了父亲，却谁也不肯跟，搬到行动不便的爷爷那里。上网吧、抽烟、迟到、旷课、打架，他以这样的方式作为痛苦的出口，被一个学校劝退又转到另一个学校。

第一次，我看到了他的泪："老师，转到您班上第二天，我的肠痉挛犯了，您问我爸妈的电话，我撒谎说他们出差了，也是您督促我去医院。后来您得知我常常不吃早饭，就要带早点和豆浆给我。我常想，为了您对我的好，也要改掉坏毛病。可是，过去的恩怨，有些人还是忘不了……"

检查处理完伤口，拉着他走出医院大门，我感到肩上的担子无比沉重。我在努力地想，要怎样走下去，付出怎样的爱，才能帮助这个孩子，找到家的方向，找到温暖的方向？

多年后，在贴吧中看到这样一段话："小时候由于家庭环境影响太大，曾走过很多歧途。初三那年，我遇上了一个改变我一生的好老师，是她让我感受到‘家’的温暖，努力帮我磨去恶习，让我重新生活，及时回归正轨……”

这段话，就是长大后的他写下的。这段话让我坚信：正如葵花总是朝着阳光的方向，心灵也总是朝着爱的方向。爱，终会有回音的。心是爱的回音壁。这回音，让曾经的付出，无怨无悔。

情宜有声，爱应有形

那一年，我教初三。学生下晚自习时，我才知道外面下起了小雨。我站在讲台上，看着收拾书包的学生们，关切地询问着他们有没有带伞，有没有家长接。一向乐观的孩子们并未被这点小雨吓住，听到我问，笑着点头或摇头回答。其实，孩子们不带伞，我也爱莫能助，因为我只带了一把伞。可我心里想到，便将这份小小的关切变成声音，传送到学生们的耳中，也希望能传递到他们的心底。

也是出于关切，我要等学生们走光了再回家。孩子们三三两两离开教室，我不停地重复着“带没带伞”“路上小心”之类的话语。教室里只剩几个孩子了，我心中忽然有些失落。因为孩子们除了回答我的问询，和我道再见，没有一个孩子问我：“老师，您带伞了没有？您怎么回家呢？”我玩笑着和剩下的孩子说出内心的失落，几个孩子羞赧地笑问：“老师，您带伞了吗？您怎么回家？”即使我没有带伞，若哪个学生递上自己的伞，我也绝不会去接，让他淋雨回家。可是，听到讨要来的这几声关切询问，心中仍有了些微的满足和惬意。

那个晚自习当天的上午，一位同事讲课时不小心栽到讲台下，全班四十多个学生，竟没有一个上前搀扶。同事是班主任，每日起早贪黑，对学生关爱的细节不可计数。她自己从地上站起身，不禁黯然神伤。习惯了被爱的学生，付出伸手可及的关心竟是如此之难！

那天中午吃饭时，我问女儿：“妈妈不小心跌倒怎么办？”女儿自信地说：“有我在，怎么会让您跌倒呢！”女儿这话，是真心的。生活中，我深爱着她，她也力所能及地回馈我点点滴滴的关切。她若在身边，不会让我摔倒，我相信。可我仍然追问：“你若离我有一段距离，我跌倒了怎么办？”她有些莫名其妙地笑：“当然是跑过去扶您起来了。”我给她讲了同事跌倒的事。女儿听完，也讲自己班里与此事相似的事情：英语老师从讲台上摔下来，前面的学生看得真切，都立即起身，准备跑到讲台上扶老师。英语课代表速度最快，最先冲到前面将老师搀起来。老师情绪有些激动……最后，女儿遗憾地说：“当时我也站起来了，可是没有英语课代表动作快。”

听着女儿的叙说，我脑海中浮现出一个温馨的瞬间：学生们齐刷刷站起身，都欲离开座位，冲向讲台。其中一个箭矢般向前，迅速扶起摔倒在讲台上的老师，替她拍打灰尘。我为那位英语老师幸福着，想她激动的情绪，是幸福，是感激。

那天中午，那个伤心的同事也对女儿讲述了自己跌倒的事，问了类似的问题。她女儿说：“如果老师跌倒，我们的第一反应是赶快把老师扶起来。只是，谁也不愿出风头，第一个站起来……”

看来，孩子们心中不是没有情，不是没有爱。只是，她们的爱，有时候没有说出来，没有化为可感的行动。究其原因，或许是我们付出的同时，忽视了对学生的引导——情宜有声，爱应有形。

那天晚上，我目送所有上晚自习的同学离开后，回到家中。看看表，距上高三的女儿下晚自习还有几十分钟。在几十里外工作的爱人打来电话，说他那儿下雨了，问我们这里有没有下。我告诉他雨下得不大，我骑电动车接女儿没问题。他却不放心，冒雨开车往回赶，九点二十分从单位出发，十点十分之前赶到高中校门口，接回女儿。雨夜里，爱人的关切，有声有形，让人感动。

那晚，想到不久后女儿就要离开家进入大学的校园，便希望未来的阴雨天，女儿可以借电波传送她温情的声音："爸爸妈妈，你们那里下雨了吗？出门别忘了带伞啊！"也希望所有的孩子，都能将情爱化作潺潺流水般的声音，化作朗月朝晖般的行动，让世界能够闻其声，见其形，感受到他们心灵关切的纯净、温暖与光明。

月季香，菜花香

“只道花无十日红，此花无日不春风。一尖已剥胭脂笔，四破犹包翡翠茸。”花开四季，朵朵动人的月季，摇曳在杨万里的诗句里，芬芳了上千年光阴。乡村校园的月季香，弥散着诗意的美好，芬芳着我逝水流年的记忆。

几年前，我去乡村小学支教。支教第一天，就感受到工作的艰苦。学校的三道短墙内，只有两排简陋的旧平房。每个年级一间教室，各年级老师挤在一间窄小的办公室里，每两人共用一张办公桌。紧挨马路的操场倒是很大，却没有围墙。因人员少，每个老师都兼任两三门学科。校长除负责常规管理工作，还兼做勤杂工。但所见所闻，却都是平和的微笑，热情的乡音。因为我和另外四位支教老师的加入，当地老师工作负担略有减轻，他们的微笑和乡音，更流露出乐天知足的态度。

初秋去，盛夏归。支教时间不足一年。支教的五个人，都想给小学留下点什么。深秋闲聊时，校长满怀憧憬地说：“将来，学校操场建起围墙，孩子们在校活动时不往马路上跑，就安全多了！”大家的月薪，都不足两千，小学的大操场，建围墙要七八万元，我们不敢想。一夜寒霜降，校园的花池里，那些草本的花，全部凋谢。而我的心中，却悄悄绘出一幅姹紫嫣红的图景。

早春，我收到一篇卷首语的稿费，有几百元。卷首语的题材来自支教生活。植树节，我用这笔稿费换来一百多棵月季花苗。大家冒着风沙，挖坑、栽花、浇水，在花池里埋下美好的期待。在全校师生的呵护下，月季发芽、长叶、吐蕾、绽放。初夏，绚丽缤纷的月季花，花颜悦目，花香怡心。清晨的花香里，当地的女教师来上班，车筐里放一个鼓鼓的袋子，袋子里装一摞薄薄的玉米面饼。那是她起了大早，用家里的大铁锅，专门给我们几个支教老师烙的。那样的时刻，花香饼香，都沁人心脾。

暑假来临，依依惜别时，我们留下的，是满校园甜蜜的月季花香，是对乡村教育的真情笃行。

离开后，常常回味乡村校园的月季香，与那所小学相关的消息，也常花香般飘入心底。暑假里，年轻的女教师远赴外省，自费参加业务学习；初秋，小学里迎来几个新毕业的大学生，校园里添了青春的朝气和活力；初夏，醉人的甜香又飘满校园，月季花棵棵茁壮，朵朵迷人……

几年后的春天，我再次来到曾支教的小学，却已不是“旧时相识”。不见了昔日的旧平房，漂亮的教学楼拔地而起，大操场圈起了高高的围墙。教学楼前，甬路两旁，操场边上，金黄的油菜花开得正旺。清新的花香，飘漾在整洁的校园里。操场一隅，是一片长方形菜园，一畦畦蔬菜行列整齐，长势茂盛，不见一棵杂草。香菜、菠菜、大蒜、韭菜、小葱……菜畦边的矮栅栏上，挂着整齐的菜名签。

这些，是一位代课老师和孩子们的杰作。拆平房、盖楼房、建围墙，月季花几经挪移，没能活下来。那位代课老师，便想到了菜花香。我们支教时，他便在那里代课，至今还没有正式编制，每月千余元工资。他说，村里的孩子，即使教育条件再好，也不能个个考上大学，因此识得五谷，种菜种地，是都应学会的本事。于是，课余时间，他耐心地带领孩子们，翻地、撒种、浇水、间苗、锄草、施肥……

放学时，孩子们排着队，吟诵着“儿童急走追黄蝶，飞入菜花无处寻”，快乐地走向校门口。他们身后，菜花明艳，蝶舞翩翩。一只小黄蝶，追着队伍后面穿鲜黄上衣的女孩儿，欢欣地飞出校园。“梅子金黄杏子肥，麦花雪白菜花稀。”当夏日来临，菜花谢去，油菜结荚，校园里，该是另一番别致的风景吧？

油菜花香里，恍惚飘出记忆里的月季香。“一番花信一番新，半属东风半属尘。唯有此花开不厌，一年长占四季春。”这首咏月季花的诗，不也可以咏心花吗？月季香，菜花香，不都源自四季长春、常开不厌的心花香吗？

珍惜自己的人间签证

全国真语文系列活动会场，年近八旬的他，头发花白，步履蹒跚，背脊微驼，着装却讲究：洁白的衬衫，深蓝的西装，领带打得一丝不苟——他说过，穿戴的细节也能体现对课堂和学生的尊重。

他的示范课安排在五年级的研讨课后。研讨课一结束，学生们迅速退场。两队小小的娃娃从外面进来，走上会场前面半米高的平台，坐到长长的三列课桌前。等在台上的他，弯下身子，摸摸这个的头，抚抚那个的肩，丝丝惊讶从亲切的微笑中透出来。他伸出四根手指，小声地问孩子们什么。一个孩子仰着小脸，伸出两根手指。他立时张大嘴巴，扭头对着台下，拿着话筒的手微微抖动："会前我传过资料来，特别注明教材是四年级的，要用四年级学生，可今天来的是二年级的孩子！"

主持活动的语文出版社社长王旭明也皱起眉头："这……那赶快换四年级的学生过来！"

“今天是星期天，只有五年级和二年级的学生到校。”协办校领导尴尬地回答。

王旭明社长左手挠头，右手举着话筒，一时无语。

作为从教五十多年、做过无数节示范课的全国特级教师，他丝毫不掩饰自己的慌乱和无助：“这是我从来没遇到过的情况！”听课的老师们也都替他捏了一把汗：这课，该怎么上？

不知谁喊了声：“赶快把五年级学生叫回来！”协办校领导急忙跑出去叫学生。四年级教材，用五年级学生，肯定没问题！二年级的孩子们，扭着身子，诧异地望着会场上的大人们。这群孩子提前被告知，一位了不起的老爷爷，要和他们上一节课。他们已期待了好几天。

他看看孩子们，又看看场上的听课老师，郑重地开口了：“我就试着用四年级教材，和二年级孩子上一节课吧！”

课并未马上开始。他的目光在移动，从距他最近的第一排课桌前的孩子，望到最后一排课桌前的孩子。因为平台很窄，课桌只能排出很长的三列，最后一排课桌，距他和他背后的黑板已经有十几米远了。他费力地从台上下来，和会务人员低语几句，便带头忙碌起来。很快，最后几排课桌椅被搬到台下，排成两列。刚才坐最后几排的孩子也坐到台下。

课上得并不流畅。大家听得出，他已降低教学要求，调整了和孩子们说话的神情语气。可孩子们对一些问题的理解，还是没达到大家的预期。比如，体会“老师”和“教师”两个词语的不同，孩子们天真地答出“老”和“教”发音不同，写法不同，却不知“老师”是口头语，“教师”是书面语。“卡壳”的瞬间，他不急不徐，和风细雨，循循善诱。整节课，他从课题入手，指导朗读，借助课文进行听、读、说、写的训练，将文本的思想情感内涵自然融入语言文字训练之中。因为他的点拨，孩子们学会了用眼睛听课，学习表现渐入佳境。

请学生读书或发言，他必走到学生身边，深躬微驼的背，或轻拍孩子的头，或轻抚孩子的背，或点点孩子的肩，请孩子站起来，为孩子举着话筒，慈和地注视着孩子，微笑着倾听，亲昵地评价。对于表现不错的孩子，台上的就领到前面，台下的就抱到前面。为此，他在课堂上前后穿行，上下挪移。步履蹒跚的他，吃力而笨拙，却又稳健而敏捷。

对表现优秀的孩子，他或用热情洋溢的语言高声表扬，或用亲切温暖的动作无声激励，或用带着绿叶的蜜橘及时奖励。课即将结束时，他对着课上表现最好、被他领到台前的一个孩子，深鞠一躬，以示激励！那个孩子愣住了，所有的孩子都愣住了。整个会场，鸦雀无声。观课席上，泪光闪闪。

二年级孩子，在他的指导点拨下，理解了四年级教材，将文章读得声情并茂，并出色完成了从字词到段落的语言训练。他成功地驾驭了这出乎意外的一课，诠释了“用教材教”的真谛。

为什么不用五年级学生，让课上得更顺畅更精彩？为什么将台上部分课桌椅和孩子调到台下？为什么给孩子鞠躬？课后交流，有听课老师提出了大家心中的疑问。

“五年级的孩子，一定和家长说好了什么时间下课，有的还要赶去上各种培训班。不能按原定时间离校，路上就可能出事，就可能误了培训班的课。一节课的培训费，有的要上百元。二年级孩子满怀期望来和一位老爷爷上课，课没上就等家长来接得多失望！我们讲‘一切为了孩子’，就得时时处处为孩子想啊！调座位，也是为了孩子们。台上台下，我辛苦些，可孩子们都能看清楚黑板，都能听清楚我说话。近八十岁的老人，给十来岁的孩子鞠躬，这个孩子，一定会终身难忘……”

后来，他提到已逝老友曾对他说的话：“我们上了年纪，要多说点话，多做点事，多给这世界留下点什么。”

在座的许多老师不知道，他曾是位癌症患者。手术康复后，每隔三个月就要到医院复查一次。他笑称自己是又获得到人间的签证。医生在复查书上签下状况良好，就意味着，他还可以再活三个月。三个月后，再去请医生“签证”。每过一天，他便撕下一页日历，证明自己多活了一天。而这多活的每一天，他都格外珍惜，努力实现这一天在人间的最大价值，因此享受到活着的幸福和意义。

教语文即教做人。他凭着自己在人间的签证，用无痕的教育，展示着母语文化的魅力，感染着一批又一批与他一起上课的孩子，影响着一批又一批听课的老师。他借无数个预想之中和意料之外的细节，传递着一位退休老教师的大爱与责任。于他自己，珍惜生命签证，便是留住了幸福天堂。

他，就是德高望重的全国著名特级教师贾志敏。

点亮希望的灯

全省小学语文教师素养大赛前，看选手介绍，4号邵闻名是唯一的男性。2001年毕业于河北工业大学的他，到2009年初，才通过招聘考试到偏远的乡村任教。

朗读和书写展示环节，大家对他的欣赏，都带了一份新鲜感，怀着一颗诧异心。第三关是才艺表演。先他出场的前三位女教师，或盛妆舞剑，深情朗诵，潇洒挥毫，或衣袂飘飘，眉目流转，借着现代媒体的音画背景，分别演绎了李白的诗仙风骨、李清照词的婉约神韵和现代歌舞的无穷魅力。面色黝黑的他又出场了，依旧是那身灰黑的衣装，朴素得如同秋日田野里一棵粗壮的庄稼。空中没有音乐响起，大屏幕上不见画面浮出。他或许艺不如人，才未作任何准备吧？

“每天五节课，再多的喉片也消不去咽喉的疼痛，可是，选择教育我不后悔！真想再活五百年，在这片热土上继续奉献！”他说完，清唱起《向天再借五百年》，高亢激昂的声音，洋溢着满腔的热情，激起一圈圈心灵的涟漪。在教学一线工作，咽喉肿疼、嗓音嘶哑是常有的苦痛，是什么原因，让这个名校毕业的小伙子，祈望将伴着苦痛的乡村教育，快乐无悔地延续五百年？一曲唱毕，小伙子微笑着走下台，抬起右手，轻触脖颈，那是喉咙所在的部位。他的眉头，也随着手的触摸轻轻皱起。他的疼痛，就在这轻轻一皱间让人洞见。现代声影手段烘托的才艺表演，在小伙子清唱出的真情氛围中继续。表演结束，小伙子的得分，竟是难得的高分。

课堂教学展示，他抽到一篇难理解的外国文章《这片神奇的土地》。短短三十分钟，富有感染力的阳刚语言，营造出浓浓的情感氛围；水到渠成的引导点拨，让孩子们感悟理解了文章的内容灵魂。为能喊出临时学生的名字，他让孩子们各自将姓名书写在白纸上，谁想发言，就将姓名高高举起。几十张纸片一次次高举过头顶，举起的，是自信、勇敢和胜利，也是呵护和尊重。

大赛结束，与他进行了一次真诚的交流。

“你的嗓子经常疼吗？”

“包着一个班的小不点，语文数学全教，免不了话多。我爱唱歌，去年在省会参加教育培训，正赶上嗓子肿痛，我上台演唱，嗓子根本发不了声音。回到家，我哭了，以为再也唱不了歌了。”

“凭重点本科学历，你可以选择更理想的工作，为什么去乡村小学教书呢？”

“大学毕业前，我去乡村帮学演出，离开时，将仅剩的十元钱掏给衣衫褴褛的小女孩儿，她流着眼泪，声嘶力竭地朝我喊：‘叔叔，你还来吗？’毕业后，在城市，我搞过工程，做过设计，可是，脑海中总浮现出告别女孩儿的那一幕，于是希望用自己的粉笔，画出一扇扇心窗，让幼小的心灵，天天透进明媚的阳光。

“现在，我们班的孩子们很幸福，下课时，他们会围着我要赖，看我写字，听我唱歌讲故事，其他班级的孩子也会堵在我们班门口……”

听着他的讲述，我不禁泪流满面。透过他，一个普通的乡村语文教师，我看到的不仅是一颗真挚善良的心灵，更看到的是一份坚守。也许生活中，还有许许多多这样的乡村教师，正是他们用无悔的青春，实践着自身的人生价值，用坚守为困难儿童点亮一盏希望的灯。

爱的答案丰富多彩

任教于偏远乡村小学的小伙子，在网上和我交流时，谦逊地说："我知识底子太薄了，教学经验不足，消息又闭塞，以后教研室组织外出学习，您带上我好吗？我可以自己掏钱，不占公费的名额。为了村里的孩子们，我得不断提高自己！"乡村学校师资不足，他一个人包揽了几门课程，白天的时间，几乎都在上课。课间，孩子们也围着他，与他寸步不离。夜晚，他在灯下备课和处理作业之余，读《致青年教师》《第56号教室的故事》《如何创建高质量的课堂》《叶圣陶文集》《民国语文》……

我曾三次听他的课。第一次，通过单位的网络视频系统。视频直播的画面上，小伙子年轻、帅气，黑板字规范漂亮，教学语言幽默风趣，看学生的眼神盈满爱意，但是，教学思路却不够清晰，教学内容显得繁杂累赘。第二次，在他任教的小学。上完课，他诚恳地要我指出课堂教学中的缺点，并在我提出意见和建议时，认真地做上笔记。第三次，他作为乡镇教师的优秀代表参加了全市范围的课堂教学评比。孩子们在他思路清晰、驾轻就熟的指导点拨下精彩学习，所有的观课者都连连赞叹。

质朴平凡的他，在繁忙教学时光的夹缝里不断学习，用让人刮目相看的进步，诠释着对教育和学生的拳拳爱意。

初秋的早晨，初中校园的操场上，初一二班的学生们队列整齐，正准备参加军训。这个班的班主任是位中年女教师。她站在队列前，慈和的目光落在一个又一个孩子身上。最后，她的目光停在一个瘦高的男生身上，这个男生，无精打采。她盯着男生，温柔地问："孩子们，都吃早饭了吗？""吃了！"学生们大声回答，瘦高的男生不作声。

她请瘦高的男生从队列里出来，在操场边等她一会儿。她则快步向校门口走去。几分钟后，她回到操场，手里多了一个塑料袋，袋子里是两个肉夹馍和一杯热豆浆。她将袋子递到男生手里，让他先回教室吃饭，吃完过一会儿再回操场参加训练。这个男生，父母忙于做生意，很少顾及他的早餐。半小时后，男生从教室回到操场，眼睛红红的。从此后，女教师早晨到校时，常常带着一份热乎乎的早餐。

这个班的学生们中考结束那天，她听说班上有个淘气男生要去找人"决斗"，便牢牢地跟定这个男生，考试散场后，她牵着这个男生的手，打出租车送他回家，一路上殷殷地劝说和嘱咐。

这位温柔慈爱的女教师，一直把别人的孩子，都当做自己的孩子来爱。

一位在城里工作的科学老师，家住城郊。他知道城里孩子缺少农事体验，便把自家的几分田地开辟成孩子们的农事体验园。他在田里种了各种蔬菜、果树、粮食作物，都用标签标明品种、名称，还建了一个微型的木阁楼，给阁楼取了一个诗意的名字“耕心园”，阁楼里给孩子们准备了零食和矿泉水。一批批孩子到这里免费参观，体验耕耘和收获之乐……用心的教育，可以像他一样，别出心裁。

这三位老师，是我身边的三位普普通通的老师。好老师应该怎样做教育？只要胸中有爱，天下千百万普普通通的老师，可以给出丰富多彩的答案。答案连接着的，是孩子们的幸福成长，是世界的美好明天。

收入心灵的暗香

“疏影横斜水清浅，暗香浮动月黄昏。”两句诗的意境朦胧而奇妙，与我某些时刻的心境极为相合。

一个并不熟识的同行朋友，孩子要参加市里的讲故事比赛，想用我作品中的题材，并希望我能对故事稍加删改。那天上午，她试探着打来电话，我欣然应允，利用午休时间将故事删改好发到她邮箱。

当天晚上就接到她的感谢电话：“王老师，想不到您这样热心，谢谢您！耽误了您的休息时间，真过意不去……”

我笑答：“举手之劳，只怕我的故事不合适……”

第二天，这位妈妈来到我办公室，从包里掏出一个精美的盒子。一缕怡人的香沁人心脾。盒子里是一瓶高档香水。亲戚从香港捎回给她，她说自己不用这个，转送给我。眼前这位漂亮可人的时尚女人，应该和我一样，是喜欢用点香水的。好香水的价值自然不菲。

于她于我，这香水都极珍贵。一缕精巧调配的香气承载着这个知性女人心灵的芳香，轻盈地飘入我心里。

我诚恳地道着谢，坚持将香水塞回她包里。我用温善友好的目光表白：我的心底，已暗香流溢。这暗香里，有我的一点点小善，有她的一缕缕感激。

讲故事比赛的会场就在我们办公室旁边。几天后，比赛结束，她牵着女儿来到我面前，微笑着告诉女儿："你讲的故事，就是这位阿姨创作并帮你删改的。"乖巧的女孩儿忽闪着清澈的眼睛，喊着"阿姨"向我致谢。那一刻，浮动在心底的暗香，早已胜过一瓶价值不菲的香水。

春节前的周末，我上了QQ隐身敲一篇小文。突然一个头像蹦出来："老师，您在吗？想去家里看看您。"一番问答，原来是在首都工作的学生，回小城探亲，要来家为我送上节日的祝福。这是个极懂事的学生，我搬家前，他每次回来，都带着礼物到家中看我。一次次拜访，呈上的都是对我多年前那些微薄付出的厚重感恩。漂在北京的他，辛苦地在职场打拼，已近而立之年，才刚刚在小城贷款买了房子，媳妇都还未娶回。或许是我的祈愿太急太超前，而现实向幸福前进的脚步太慢太滞重，每每看见或想起他，心里都颇不是滋味。心疼他为我破费。我推说有事，婉拒着他。聪明的学生猜到了我的心思："您放心，我不会买什么贵重礼物，只想和您谈谈心，快告诉我地址……"

我终于没把新家地址告诉他，只和他在QQ上畅谈，得知他工作和爱情渐入佳境，心间开出喜悦的花儿。他通过网络传过来的那份感恩与祝福，也化作暗香，在我心底弥散。

最喜欢台湾诗人席慕蓉与国画大师溥心畬目光交流的美丽瞬间——席慕蓉幼年师从溥心畬时，因诗词底蕴深厚而颇受溥老师的欣赏。一日，溥老师当堂写了个“璞”字赠她。“交接仪式”上，一个男生突然冲过去将字抢走。溥老师用眼神示意她抢回，席慕蓉用目光回答老师：“谢谢您用那么美好的字形容我，您所给的，我已收到！”大气的席慕蓉收下了字的神，却将字的形让给了男生。

许多个疏影横斜的瞬间，面对别人的感谢、感恩、关切等盛情美意，我也用目光、语言或行动示意：你所给的，我已收到！请收回那些贵重的“形”，那些美好的“神”，已成为心底的暗香，在我的生命里浮动芬芳。

走进小孩儿的世界

期末考试出题，所有的题目，我都动了一番心思，其中包括莫言获奖不忘感恩和世界末日谎言不攻自破的内容。考试结束后，一个六年级女孩儿和我在网上聊天。

"阿姨，您这次出的题，我感觉'接地气儿'。只是，看拼音写汉字一题，那'bān bó'是哪两个字啊？"小小年纪，居然知道"接地气儿"！

"'斑''驳'，都是课本中要求掌握的字，只不过不在同一课。"我回答。

"'斑驳'是什么意思？我没听说过，老师也没讲过。这两个字分开我们都会写，拼一块就不懂了。"不懂就问，这孩子惹人喜欢。

"为什么会这样呢？"我启发。

"我看书少，又不爱查字典，知识面窄。"这句话后，紧跟一张羞涩笑脸的表情。

"你现在手边有《新华字典》吗？如果有，马上查。"我满怀期待。

"'斑'，一种颜色中夹杂的别种颜色的点子或条纹，可以组词'斑驳'。原来字典中'斑'字组的第一个词就是'斑驳'啊！"这孩子的动作很快。

见她恍然，我打出《现代汉语词典》中"斑驳"的意思："一种颜色中杂有别种颜色，花花搭搭的。"我意味深长地说下去："一二年级的同学就应学习独立识字，学会查字典。你们这些五六年级的孩子，要有较强的独立识字能力。如果学'斑'时查查字典，弄明白意思，还会不知道'bān bó'是哪两个字吗？掌握学习方法，学会自主学习，比老师教给的知识更重要。你说呢？"

"阿姨，您看书太多了，懂得太多了，真不愧是著名散文女作家，语文高级教师！"这孩子挺会鼓励人。

我敲打键盘的手指似乎都在微笑了。"谁说我是散文作家和高级教师了？"

"我刚百度了您的名字，网友们都这么称呼您呢！"

她继续问我："阿姨，第二道阅读题，给文中的'他'颁什么奖合适啊？我颁的是'最佳励志奖'。"

第二道阅读，我缩写了一位作家的励志散文《卑微也能成就梦想》，短文写的是加拿大唯一连任的总理让·克雷蒂安的成长故事。分析人物形象的题目，为激发创造力，我改变了传统问法"他是一个什么样的人"，让孩子们试着给人物颁一个奖项，并结合短文内容说明理由。给参考答案时，我列举了"勇于追梦奖""不懈努力奖""刻苦勤奋奖""不怕困难奖"等，却没想到，"最佳励志奖"也是再合适不过的奖项。我敲打着键盘，热情夸奖她超强的理解力和创造力。

“阿姨，您别夸我了。这次关于‘梦想’的作文我是这样写的：我的梦想是当一名老师，因为老师关心我的一件事让我很受感动，改变了我对老师的认识。您说可以吗？”

“你写了自己的梦想和梦想的由来，我觉得可以呢！”

“谢谢您！考试之前我歇了一周，因为高烧不退。退烧后我拼命复习，生怕考不好。”

卷子上的问题，这孩子应该问完了。她很快又打过一个问题：“阿姨，您是喜欢在教育局呢还是喜欢当老师呀？”

我让她猜。“我猜您喜欢当老师，因为喜欢当老师的人，就爱这伟大而神圣的工作，就爱可爱的学生，对校园有一种割舍不掉的情感。从您和我的对话中，从我百度到的您的文章中，我感受到了您对学生和校园的爱。”我的眼眶忽然热起来。

“宝贝儿，我愿意做你的大朋友。需要我帮忙时，告诉我；有什么烦恼，阿姨也愿意帮你排解……”

“太好了，您能走进我们小孩儿的世界！”

这句话，让我想起在小孩儿世界里二十载辛苦而甜蜜的教学时光。那片纯净美丽的时光雪野上，与我点点滴滴日复一日的付出相伴的，是孩子们越走越甜的成长之路，是生机勃勃的春天的希冀。和这个女孩儿的交流，消除了我离开校园的遗憾。只要捧一颗尊重与关爱之心，无论在什么样的岗位上，都可以敲开小孩儿世界的大门，送进一滴甘露或者一缕阳光……

赠你一缕书香

青春时代，古色古香的校园，书香如花香四溢。花丛边，我偶尔从书页间移开视线，被几米外捧书而读的女孩儿吸引。从此相识。好书共享，两线书香的溪汇成一条清浅的河，两条自在畅游的鱼，快乐汲取着书香的营养。

她是我的学姐，先我一年毕业。第一次领到工资，她就买了几本文学名著寄我。扉页上几行娟秀的字迹，是她随书题赠的小诗。纸页散着芬芳，淡雅的诗句，浓缩了友人殷殷的关切、热情的鼓励与期冀。之后几年，常收到她扉页题着小诗的新书。生性爱书，加之这份赠书的厚谊，阅读所及，渐深渐远，书香世界，海阔天空。人一点点走向渊博，谈吐也渐脱了俗气，工作愈加得心应手，心胸也在潜移默化中变得豁达。我对文学的钟爱更是与日俱增，笔下的文字，如朵朵墨花在报刊上绽放。

我参加工作后，也偶尔买书寄给学姐。她回信的字里行间，洋溢着友人所赠书香带给她的莫大快乐。因为接受过书香的馈赠，我阅读写作的兴趣至今不减；赠人书香，也是我至今保有的一种习惯。

日积月累，好书盈室。夜晚，一帘明月半床书；白天，一窗阳光，满室书香。阅读之美，首先要与学生们分享。笛福的《鲁滨逊漂流记》、鲁迅的《朝花夕拾》、冰心的《繁星·春水》，《读者》《意林》《格言》，《中考满分作文》……适合孩子们阅读的名著、杂志和作文书，纷纷走下我的书架，被我送到渴望它们的孩子手中。清澈的眼神被书香涤得更亮，纯洁的心灵被书香染得更美，向上的精神被书香陶冶得更芬芳；孩子们稚拙的文字，终有一天如彩蝶破茧，文采斐然。一缕书香，润泽一份健康的成长。

教育是个无边的课堂。青春叛逆的孩子，带给家长的亦有不少烦恼。《哈佛女孩刘亦婷》的学习方法与培养细节，刘墉的教育秘笈《世说心语》，卢勤的《告诉孩子你真棒》，这些成功的教育经验，随着墨香淡淡的纸页，从我的手上起程，在家长们手中传递。紧皱的眉头在书香中舒展，阴郁的脸上有了笑颜。一缕书香，解开一个个凌乱的心结。

家中最多的是文学类的书刊。反复读过，依旧如新。常常，将三五本书刊，装入洁净的纸袋，在路上，在单位门口，在办公室，随时随地，交给同城的文友。佳作同赏，一缕书香，诠释一份志趣相投。偶出小城，到得繁华都市，最喜欢在书店中徜徉。流连于北京的图书大厦，精选几本新出版的好书，快递给远方的朋友。想象朋友收到书时的惊喜，一页页精神的墨花，恰如千万树梨花迎着春风盛开。一缕书香，承载一片真情挚谊。

高尔基说："读书，这个我们习以为常的平凡过程，实际是人的心灵和上下古今一切民族的伟大智慧相结合的过程。"人生至乐，莫如读书。赠人书香，心旷神怡，今生今世，乐此不疲。

种在文字里的童书

"阿姨，谢谢您买这么多书给我！我一定认真读完！"当我的十指轻敲键盘时，耳边常响起这稚嫩的童音。

这童音是同学的小女儿的。她读三年级时，一位儿童文学作家新出版了童话作品集，寄给我一本。我读完后，同学看到，拿回去给女儿读。每天写完作业，小姑娘便捧着那本童话集，有时感动得唏嘘不已，有时笑得前仰后合。从同学开心的描述里，知道了小姑娘是个小书迷。我便开始购书给她，按照《义务教育语文课程标准》和专家推荐的小学各学段基础阅读书目，在当当网购买了寄到同学单位。最近一次给她购书是暑假前，她即将升入五年级。我给她选了《爱的教育》《王子与贫儿》《草房子》等七本童书。收到书，小姑娘满怀兴奋地给我打来感谢电话。

"王阿姨，谢谢您！"一个衣着朴素的女孩儿站在一座旧楼门口，接过盛有新书的袋子，腼腆地微笑着。当我端详着屏幕上一行行打出的文字时，眼前常浮现出女孩儿腼腆的笑脸。

这腼腆微笑的女孩儿，是我以前的邻居。她刚升入初中，因父母感情不和，跟着奶奶生活。她好学向上，喜欢作文，常在网上问我学习方面的问题。有一天，女孩儿让我帮她想个笔名。我按她名字的谐音，取了“尘玉”，意为尘世中的美玉，希望她在逆境中心存美好，如无瑕美玉。她自己想的和我取的异曲同工，“冰阳”，冰雪上的阳光，寓意是逆境中的希望。小考结束，她问我可以读些什么书，我便网购了初中语文必读的中外名著。因为她和奶奶住的旧楼不能收快递，书寄到我单位。我收到书，和她约好去给她送，便有了旧楼门口她接过书时微笑道谢的一幕。

“有老师要送书给我，真的吗？”一个七八岁的男孩儿披着浴巾，顾不得擦去身上的水珠，径直跑到妈妈对着的电脑旁边，睁大亮晶晶的小眼儿，对着妈妈刚打开的网页，满心欢喜地选自己喜欢的童书。当我将刚完成的一篇文章贴到邮箱时，心中常神往着这充满希望的镜头。

镜头中的男孩儿在偏僻乡村读一年级。他妈妈和我在网上相识。那天晚上，和他妈妈聊，知道了小男孩酷爱读书，近期愿望是买一本《中国神话故事》。妈妈不会网购，还没时间带他到城里买。我说可送他一本，并附上适合他阅读的课外书目，让他再选几本。听妈妈喊有老师要送他书时，他正在卫生间洗澡。澡还没洗完，他披上条浴巾就跑到电脑旁选书。当他妈妈把这个镜头用文字描绘给我，我想象着男孩儿欢喜的模样微笑起来。他很有眼光，还选了叶圣陶精选作品集《稻草人》，法国《第一次发现》透视眼系列植物类的六本书。他让妈妈打字给我：“阿姨，谢谢您！您藏书可真多啊！”

"是啊，我这里藏书多得很呢！"我打开当当网，开始给他购书。

当当网上，我已注册了几个账户，给这小男孩订书的以"一缕淡香"为名的账户，童书订单已有三页，订书已逾一百册。

我虽非富人，却衣食住行无忧。业余钟爱文字，偶尔，对尘世间的点滴美好，眼有所见，耳有所闻，心有所感，沉思默想之后，便在电脑文档中敲出一篇文字，发给报刊编辑。一朵朵文字的墨花绽放于报刊，变成一单单微薄的稿费。那些稿费，购得一本本童书，飞向远远近近爱读书的孩子。每每构思一篇新文，心中都萦着别样的美好：一本本给予知识、启迪心智、承载着希望的童书，就种在我心底流淌出的文字里。尘世的诸多美好中，也有我用文字育出的淡香一缕。

拒绝“喜感”

期末考试命题，出六年级古诗阅读时，我三次在键盘上敲出唐代诗人杜牧《江南春》中的“千里莺啼绿映红”。敲出原诗，这句诗是第一句，没错；划分句子停顿的题，字与字间都有一个字符的间隔，便于甄误，也没错；根据诗句想象春景的题目，我感觉敲得熟练了，大概还想着“啼”字的意思，便自信地敲下“千里莺鸣绿映红”。

从命题到校对，整份试卷我至少看了十遍。可直到学生们进入考场，这处错误才被发现。

“您好，六年级语文试卷第 3 页古诗阅读的第二小题‘啼’字误打成‘鸣’字，请通知各考场，将‘鸣’改为‘啼’，谢谢！”

全市十几个考点，我一个电话接一个电话地打过去，用了半个多小时。待全部通知完，满脸满身，全是汗。习惯了追求完美，命题时苦思冥想、日夜兼工，校对时小心翼翼、反复推敲。可“完美”

跑得太快，一个字的疏忽，就绊住了我追逐的脚步。

这件事，我不能释怀。想到全市六年级的几千个孩子，都要花上十几秒甚至一两分钟的时间，为我的疏忽埋单，心里就一阵阵惭愧。我把这惭愧，一次次表达出来，希望能削减几分。

见到答这份卷的小侄女，问错字的事，小侄女微笑："要不是有老师到考场更正，我都没注意，一看诗句外的引号，就知道肯定是想象'千里莺啼绿映红，水村山郭酒旗风'所描绘的春景了。"

组织阅卷时，参加阅卷的有许多当时监考的老师。我和个别熟识的老师提及此事，老师说："这不是什么问题，千万别往心里去。试卷前面两次出现这句诗，而且'啼'和'鸣'意思一样，根本不影响孩子们答题。你太敬业，做事太严谨了，我们得好好向你学习！"

在网上聊天时，读大学的女儿安慰我："多大点儿事，你郁闷什么！我小时候，几乎每次考试，考卷上都有错别字，最期待的就是老师来改卷子。他们一来我就激动，因为可以抬起头来，直直身子适当休息。你要了解小孩子的心理，考场上寂寞无聊时，他们是希望能出点儿小事的……"

江苏一个即将读高三的少年作家，更是幽默诙谐："我虽然有时会鄙视一下我的命题老师，但绝不会鄙视您这样富有喜感的命题老师的！要知道，如果错别字错得恰到好处，是极富喜感的。我给错别字相面时，生发出的许多奇思妙想，足以扮靓枯燥乏味的考场时光。如果您再把'莺'字打成'鹰'字就更有喜感了，千里'鹰鸣'，想象一下，多有意思！"

这些善良宽和的老师和孩子们，让我愧悔的心，得到些许慰藉。雨果曾说："尽可能少犯错误，这是人的准则；不犯错误，那是天使的梦想。尘世上的一切都是免不了错误的。错误犹如一种地心吸力。"然而，相比雨果的名言，我更愿意牢记《韩非子·喻老》中的警语："千丈之堤，以蝼蚁之穴溃；百尺之室，以突隙之烟焚。"前事不忘，后事之师。我将以这次"莺鸣"的疏忽为鉴，继续追逐天使的梦想，以慎之又慎的行动，拒绝那份无法弥补的"喜感"。

节日与天使

教师节早晨，开了手机，黄色的短信图标就在屏幕上花朵似的悄悄绽出来，一朵又一朵，一层又一层。怕扰了别人，信息提示向来是无声的指示灯。一整天，都在默默点击这些小小的花朵。花瓣般的文字，满载祝福的馨香。到黄昏，再翻收件箱，已是很长很长的一串，几十封，上百封？已近午夜，黄色的小花还在零星地绽放。在这个阳光明媚、月色清明的日子，心湖里的涟漪一圈圈、一片片荡漾开去，从现在到过去，从过去到将来。

发短信的，有同事、朋友和家长，更多的是我的学生。大的，小的，远的，近的，署名的，不留名的，全在这个不起眼的教师节，向阳花般对我灿烂着。

他们中最大的一个，在远方漂泊，与我，隔着山，隔着水。那个大男孩儿，随我读小学时是个小小的班长，极认真极负责。我体弱多病，偶尔休息，他便带了成排成连的队伍，每人手中拿一样食品，一盒饼干，一瓶罐头，一串葡萄，几个苹果……他离开我读中学时，几乎每年都在教师节这天来看我，送上一张漂亮的贺卡，附上一个动听的音乐盒或者笔本之类的纪念品。读大一时，他的母亲患病离世。似乎就是那年春节，他组织许多同学来看我。拍的一叠照片，我坐在花样年华的青春靓影中，成了最幸福的一个女星。他工作后，做了一家公司的培训师，全国各地，日月奔波。再逢教师节，人不能回，便早早收到他短信或来电的祝福。偶尔，他也会在某个寻常的日子回家，不忘给我带回某个城市的特产，比如云南的普洱茶。我们相差不过十岁，他于我，像个热情的小弟，隔着山水，也让我感到三月阳光般的暖意。

我对他做过什么呢？努力地回想，曾带他郊游，留他吃饭，送他书看，还有一次他上窗台关窗，跳下时伤了脚，我骑车送他回家，一路轻言软语地安慰……

一定也有许多学生，因为忙碌，忘记了我的节日。但他们心灵的某一隅，一定有一朵小小的黄花，悄悄地，对着我的方向开。这样想着，便笑起来。短信与否，祝福与否，都无所谓。我一路播撒善意的关切时，也收获着崇敬与爱戴。许多个寻常日子的美好，因为点点滴滴的爱，我给学生的，学生给我的，都如白云一样，烟雾似的飘动起来，衬得秋日的天，格外的蓝，格外的明亮和高远。

有一年，选择了支教，去一个僻静的小村。一到那里，就感受到诸多的好。在校园里提着桶打水，水刚注满，两个矮个子男孩儿就快步跑上来，恭敬地抢过我手中的水桶，吃力地抬着向宿舍走去。站在村边候车，坐在家门口的老人，颤巍巍地站起，要回家给我拿座椅。那一年，胸中已被乡村的朴实与真挚塞得满满的，感动如水，时时要溢出来。

夕阳在山时，收短信的空隙，也给同做教师的好友发了短信：

"接近尾声的祝愿，并非没有心灵热度。直到有一天，所有的华丽与荣光退去，鹤发童颜的你，坐在庭前看花落云舒，在你止水的心湖溅起涟漪的，依然是我意韵悠长的牵念。你是我生命旅途中那么重要的一个天使，为你祈求所有的幸福！"

月华之下，上海做主编的女友，让我看她博客里关于尊师的文字。才知道，我点击手机上那朵朵层层祝福花的同时，网海之中，关于这个节日该不该设，众说纷纭。对于教师的评价，敬者多，批者也众。于是留言：桃李不言，下自成蹊，懂得爱和被爱的孩子及家长，一定知道如何去评判与他们有关的老师。作为老师，有没有节，是无所谓的。有爱的人生，天天都是节日。

留言至此，便想到所有的节日、所有的人。生而为人，浩瀚宇宙之中，因为父母的爱，机缘巧合地能来世间一趟，已远非草木虫鱼等寻常生物可比。生命旅途中的每一天，都应该带着感恩和欣喜。某一段时间某一片空间的邂逅，捧一颗盈满爱的心，与天使擦肩而过的同时，也做别人生命中的天使。那么再寻常的日子，不都是最盛大、最动人的节日？

雪地上的那些难

与一场又一场雪相伴的，是几十年来罕见的冬寒。

雪后的午夜，仿佛隔着墙都能听到宿舍楼内的鼾声。再轻的脚步，也会在出奇的宁静中暴露。你这个读高二的毛头小子，在鞋子与雪轻触的细微声响中，心里惦着的只是一堵墙的距离。跃过学校宿舍楼外的那堵高墙，你就是自由身了，诱惑无穷的网吧，撒腿就能到的。冰凉的砖缝，有没有蹭破你的手指？费了多少力气，你才攀到高墙的顶上？跳到墙外的那一刻，你肯定没想到，雪光中几个哆哆嗦嗦的黯淡身影，竟是负责你们年级的领导。十点半熄灯时，他们就屏息静气等在这里了吧？你被捉住的一刻，熄灯已经两小时。这雪地上的七八千秒，他们是怎么挨过来的？在零下十七八度的午夜，站在雪地上，穿得再厚，也快冻僵了吧？

回家反思，取消住宿资格，留校察看。学校对你为去网吧半夜跳墙的处理，难坏了你的父母。家离学校，几十公里，住哪里成了最大的难题。而我的住处，离你的学校有十来里远，让你每天几趟地跑，于心不忍。

思来想去，决定让你暂住在我家的旧房子里。那里，距你就读的高中，步行只需五六分钟。只是，旧房子所在的楼，物业无人管理，不供暖气。尽管卧室有空调和电热扇，床上有电热毯，我还特意给你买了电热水袋，却还是怕你冷。我更担心你的安全。你住进去的那个黄昏，我特意去了老房子，帮你烧好开水，查看了一切取暖设施，才回自己的住处。回家路上，空中又飘起雪花。回家后，我一直心神不宁。几次掀开窗帘，对面楼上的灯光，一次次映亮飞舞的雪花。距晚自习下课还有半个多小时，我决定回老房子陪你，感受一下冷暖，再给你上一堂安全课。可是那天，同事嘱我，未来两三天都有雪，要多买些蔬菜。于是惦记着给同住一个小区的公婆备下些蔬菜，以免他们出去滑倒。惦记着你，忘记了买菜。晚上赶回老房子住，早晨还得在上班前买些蔬菜给老人送回。时间有限，步行太远，只得骑电车回老房子。

因为空中旋着地上铺着的雪，街上的夜空寂得很。天真冷！空中的雪舞出一阵阵冷风，往脖子里、袖子里钻。几分钟不到，戴着手套的手就僵硬疼痛了，出家门时厚棉衣内热乎乎的身子就冷冰冰了。路真滑！我右脚踏稳车蹬，左脚蹭着雪地做支撑，双手握紧车把，以蜗牛的速度前行。用“斗折蛇行”来形容我的前进路线，再恰当不过。有几次，车子就要滑倒在地，身体也歪斜下去，我赶紧将蹭着雪地的左脚撑在雪地上，右脚也从车蹬移到雪地上，站稳身子，用不听使唤的双手艰难地扶正电车，继续蜗牛般“斗折蛇行”。

一路跌跌滑滑，终于到了旧房子。你刚好下晚自习回来。我赶紧打开空调，然后指点着电器一样样嘱咐，诸如如何开关空调，如何安全使用电热水器、电热水袋，等等。看你洗漱完上床，我才到另一个没有空调的卧室，开一会儿电热毯和电热扇，在床上辗转个不停。那一夜，直到两三点钟，我才迷迷糊糊睡去。早晨五点五十，闹铃一响，我赶紧起身喊你穿衣洗漱。

等你收拾停当，我又和你一起出门，看你的背影行在雪地上，才骑上电车跌跌滑滑地去了菜市场。

你的老师，你的亲人，在雪季为你忍受的那些难，你有没有想过呢？作为你的姑姑，作为一个教育者，我有责任，将这些难的皮毛扯下丝毫，敲打成只言片语，展示给你和天下的孩子们看。希望你们早一些懂得，在成长的路上，满怀着爱的师长，忍受着雪地上的许多难，为你们保驾护航。孩子，从此行事，能否三思？

最会享受奖也可以颁

一堂公开课，年轻女教师执教郑尔康回忆父亲郑振铎的散文《石榴又红了》。感悟人物形象的环节，女教师没有抛出那个被同行重复了无数遍的问题——父亲郑振铎是个怎样的人？她用独出心裁的提问激发学生品读的兴趣：“如果为文中的父亲颁发一个奖项，你会为他颁什么奖？说说理由。”

学生们经过一番静静的默读思考、圈点批注，一个个高擎起胜利的小手，一张张向日葵般昂向老师的小脸都挂满了急于表达的期待。

“我想颁给‘父亲’授人玫瑰奖，因为他在过‘石榴节’和打赌赢了之后，送出糖果和刻有孩子们名字的石榴，给孩子们带来快乐和温馨的回忆。”学生的回答很有创意。

“你说得真好！”老师微笑着称赞。

“我想给‘父亲’颁一个爱幼奖……”

“我想颁给‘父亲’最具童心奖……”

“我想颁给‘父亲’热爱花木奖，因为他爱好园艺，工余时间把小院侍弄得三季有花，四季常青。”

……

热情洋溢的年轻女教师，逐个肯定孩子们的发言。

又一个男生自信地站起来：“我想颁给‘父亲’最会享受奖，因为他在东墙根栽了菊花，深秋花开时便摘来泡酒，大概想领略陶令‘采菊东篱下’的意境。”

男生兴致盎然地发言完毕，站在座位前等待老师的赞许和鼓励。老师的话语却在这个瞬间凝滞了，她注目男生的目光犹疑了一会儿，才慢慢地开口：“这个奖项听着别扭，我们一般不提倡‘享受’，而赞美‘奉献’，谁能改改这说法？”

男生默默地坐下了。在后面观课的我，看不到男生的眼睛，但能感觉到，他眼中自信和创造的火花，和我心中刚刚升起的欣喜，悄然无声地黯淡了下去，一同湮灭在教师这一句质疑的洪流里。

前面学生的发言中，“授人玫瑰”“爱幼”“热爱花木”，指向的全是“奉献”，“奉献于人”，“奉献于草木”。即使是“最具童心”，也源于能和孩子们打成一片，能将爱与欢乐“奉献”给孩子们。既然“奉献”了，当然是要颁奖的。可是，“享受”就不同了，它指向的是“自我”，伟大的“父亲”郑振铎先生，他怎么可以“享受”呢？“享受”又怎么可以颁奖呢？

然而郑振铎先生，的确配得上“最会享受奖”。作为杰出的爱国主义者和社会活动家，作为著名作家、学者、文学评论家、文学史家、翻译家、艺术史家、收藏家、训诂家，他享受着热情付出、不懈努力、无私奉献带给自己的忙碌和充实。作为一个长者，他享受着时光缝隙里与孩子们相处的乐趣：种石榴，在石榴上刻孩子们的名字，和孩子们过“石榴节”，送糖果和石榴给孩子们，孩子们的欢笑映着他不泯的童心。他热爱自然，与花木相亲，“采菊东篱”，摘花泡酒，寻常的小院春意盎然，忙碌的生活活色生香。他享受着生命过程中的每一寸光阴，享受着工作，享受着生活，享受着“奉献”于花木、于孩子、于家国社会的幸福和快乐。如果不是飞机失事，他一定还会无悔地“享受”下去，直至终老。

“享受”和“奉献”，不是陌路，是兄弟姊妹，血浓于水。从小就享受着“奉献”教育的孩子们，也本应享受“享受”的教育：享受亲情至爱，也享受蓝天碧海；享受奋斗与付出，也享受休闲与获得；享受学习和工作，也享受生命和生活……孩子们只有真正悟透“享受”的内涵，才会洞悉“奉献”的意义和价值。

给孩子“草长莺飞”的春天

法国诗人让·比浩勒帮盲乞丐将木牌上的句子添改成：“春天来了，可是我什么也看不见！”北方的春天，麦苗返青，柳绿花红。孩子们在作文中写：三月，和爸爸回老家帮爷爷奶奶割麦子；春天，白菜像一朵朵蓝色的大花……

一次关于“幸福”的作文，许多孩子的素材竟惊人的雷同：深夜，父亲或母亲送自己去医院。在汽车早已进入寻常百姓家的今天，家长还在用最原始的方式“背”，路上环境大多“刮着风”“下着雨”，甚至“下着雹子”……

正值人生春天的孩子们，看不到六月才成熟收割的麦黄，看不到深秋变化着的白菜绿，感受不到千姿百态的幸福瞬间。颠倒了季节，嫁接了颜色，同化了幸福。孩子们像盲乞丐一般，举着“作文”的牌子向师长和社会宣告：“春天到了，可是我什么也看不见！”

“我在公园捡到一亿元，全是10块钱的，有一本语文书那么厚！”“我捡到 4 张 500 块钱还给老大娘。”这胡编乱造的“神作文”让我们反思：是谁障蔽了鲜活的生活？是谁夺走了孩子们的春天？

午饭后，孩子看起自己喜欢的电视节目，爸爸板起脸：“这次考试成绩这么差，还想看电视！屋里看书去！”孩子悻悻地回到书房，望望窗外那树晶莹的白，目光木木地定在书页里。没人告诉这孩子，窗外那棵树叫玉兰。

上学时，孩子想自己坐公交。妈妈一脸爱怜：“路上坏人多，妈妈开车送你。”车顶上，难得的天蓝云白，有归来的雁群在鸣叫，可是密闭的车里，看不见，听不到。

语文课上，老师讲，读书破万卷，下笔如有神。春天的孩子，读书卷里的春天，怎么读，都觉得春天和书上的字一样，是平面的，黑色的，没有生气。

在家里被关在书房内，在路上被关在汽车里，在学校被关在教室中，戴着近视眼镜的童年，被父母和老师无数次彩排，在无微不至的呵护和关爱中重播着，自然和生活的现场直播，渐渐弃孩子而去。孩子的作文，成了无源之水，无米之炊。

大自然的春天，穿着绿底的绣着各色各样花朵的衣裙，在蜂蝶和燕雀们的伴奏声中翩然起舞；亲情屋檐下，爱的短片日月常新地上演；校园里，友情和师生情的细节，悄然打动着许多瞬间；社会的舞台剧，更是千变万化，绚丽多姿。我们的孩子，需要足够的时间和空间，用感官和心灵，去拍摄记录，丰富鲜活的素材，供作文时遴选，供人生长路上遴选。

我问读大学的女儿：“还记得那次郊游喂蚂蚁吗？”女儿兴奋地喊：“记得啊！你和我爸各骑一辆自行车，车筐里装着面包、香肠、矿泉水，我坐在爸爸的车后座上。我们去部队营房附近的田野里，看蚂蚁搬着面包屑跑……”女儿小时，我们常带她亲近自然，春天看麦苗、挖荠菜，夏天听雨在万物上绽开声音的花朵，秋天看七彩变幻的露珠，冬天堆雪人……

那年我去乡村支教，春天将一百多棵月季种在校园的花池里，我和孩子们一天天浇水，一天天期待，亲眼见证了萌芽、长叶、含苞、开花的过程。当初夏五颜六色的月季甜香四溢时，我边带孩子们观察边指导描写植物的顺序和方法，那些活泼生动的孩子，眼是亮的，写出的作文是靓的！

朋友带孩子回老家割谷子，孩子亲身体验到田间劳动的辛苦：烈日当头，脚踩烂泥，谷叶划手，谷根扎脚，蚂蚁咬人……这样的辛苦，让孩子真正理解了“粒粒皆辛苦”。这苦中的体悟，对孩子当下的珍惜和日后的成长，大有益处。

清代高鼎在《村居》中写：草长莺飞二月天，拂堤杨柳醉春烟。儿童散学归来早，忙趁东风放纸鸢。家长、学校和社会，都有责任，还给处在人生春天的孩子们一个草长莺飞、放飞快乐和人生希望的春天！

12 元的隐忧

暑假里，女儿参加了中国家庭金融调查。女儿所在的团队，被派到天津。三伏天火热的大太阳下，女儿和队友们挥汗如雨，奔波辗转于各社区，不厌其烦地入户调查。

团队里的一个男生，到一位老人家里调查。这位老人，住在八平米的破旧房子里，家徒四壁。老人虽贫苦，却极善良，热情地配合男生，认真回答完问卷中的每一个问题。按规定，每一户的问卷答完后，都会得到50元酬谢礼金。面对男生奉上的礼金，老人推辞："孩子，这大热天，你跑东家串西家的，太辛苦了。这钱，我说什么也不能要！你拿去买些冷饮吧。"那男生，顺水推舟将50元收起，告别了老人。

女儿和其他队友听男生讲完老人困窘的家境和不收钱的举动，颇为感动和同情。大家劝男生把钱给老人送回去。男生摇头："他若坚持不要呢？不是还得拿回来。"女儿问男生："那你觉得老人家里缺什么？可以给他买些东西。”男生说，老人家里，好像什么都缺，真不知给他买些什么。女儿建议给老人买些洗涤用品，她认为那些东西，居家度日必不可少。男生让女儿陪他去超市买。男生选了洗衣粉、香皂、洗涤灵等，边选边小声嘟囔着计算价钱。当价钱累积到38元的时候，男生便不肯再选其他东西了。他说：“剩下的12元，我得给自己买些零食。”他的理由是，既然老人不要酬金，自己冒着酷暑一趟趟跑，用这钱买些零食慰劳自己也理所当然。

最终，那个男生给老人送去38元的洗涤用品，老人再三感谢，男生开心得很。女儿的心中，却不是滋味儿。她向我述说此事时，仍愤愤不平：“我们搞调查，每天有工资的。而且，那个男生，家庭富裕，自诩高富帅，哪里缺那12元？可那善良的老人，家里什么都缺！”

说到这，我不禁对那个男生的未来，多了一份隐忧。那男生，和我女儿就读于同一所重点财经院校的经济学专业。经世济民，是我国古代圣贤对“经济”一词的理解。“经”是经营之意，“济”意为帮助、救助，“经世济民”之意就是使社会繁荣、百姓安居。“经世济民”，饱含了对“经济”人才的期望：将个人的知识、能力奉献于社会，将个人的成才抱负融入为最广大人民造福之中。今天扣下贫善老者12元酬谢礼金的经济学学子，将来走上社会经济的重要岗位，会不会扣下更多本该属于他人的12元，让个人的点滴私欲淹没了原则和良心，背离了“经济”的古贤圣训？

梨花啊，梨花

一

老梨树的花簇和嫩叶，将三楼窗前染得白绿相间。第一节课前，梨花站在教室窗边，望着那些和她同名的花朵。风和阳光在花簇上起舞，牵动着她的神思。

故乡的梨园，就在梨花家对面。梨花开时，万亩梨花白。乡亲们和城里人都到梨园看花。她站在家门口，望向轻扬烟尘的乡间公路。各式各样的车一辆辆驶过来，她一辆辆看过去，眼都发胀了。

“奶奶，爸妈什么时候回来？”

“再过几天就回来了。”

她才三岁，爸妈就去北京打工。每年梨花落时，他们就会回来给自家几亩梨花喷农药。她盼回的是两张熟悉而模糊的脸。很快，模糊的脸熟悉起来，她偎到爸或妈怀里，白嫩的小脸笑成最美的梨花。几天后，爸妈又离开家，他们的面容又在她心里模糊起来。

天天清晰在眼前的身影，只有奶奶。她望向乡间公路时，奶奶就坐在她身边，不时提醒她："梨花，别乱跑啊！"有时，奶奶揽她入怀，抚着她的头发哼唱："梨花白呀，梨花香呀，梨花是个好姑娘呀……"她仰脸望奶奶。奶奶头上也有几朵梨花，那是奶奶的白发。

她到了上学年龄。她家住村南头，学校在村子最北面。奶奶腿脚不好，接送她有困难。于是，她含泪离开奶奶，被爸妈送进城里读书。

城里的小学没有食宿条件，她食宿在助教中心。她乡音太重，普通话说得不好，在同学中，像被丢入天鹅群的丑小鸭，自卑，寂寞。三年级了，她的学习还落在后面，又因个子比一般同学高，座位被安排在最后面。

老师讲课时，她听着听着，思绪就飘回奶奶身边……老师喊她回答问题，她会突然一惊，战战兢兢站起来，一言不发，像一条被海浪抛到沙滩上的小鱼，孤独，无助。

故乡的梨花马上要谢了吧？爸妈又要回来看她了！

二

"孩子们，别跑这么快，小心摔倒！"

窗下突然出现的温柔声音，让梨花的思绪飘回来，目光穿过梨花和嫩叶，向窗下甬路上望。

她看到几朵飘移的梨花，那是一个奶奶头上的白发。她觉得格外温暖，因为故乡的奶奶头上也有这样几朵梨花。温柔的声音就是那个奶奶的，“奶奶”在提醒玩耍的同学别跑太快。

几朵梨花飘进教学楼，她的思绪又飘回故乡。万亩白梨花，如铺向天边的白云朵。奶奶应该又坐在家门口，望向烟尘轻扬的乡间公路，盼着助教中心的车把她送回家吧！

上课铃声打断她的痴想，她转身回座位。坐下的一瞬，她瞥见座位右边一个人头上的几朵梨花。是刚才甬路上的奶奶！奶奶将一个听课本和一支钢笔放在梨花的桌角上。原来，奶奶是来听课的。这节课是数学，她想好好表现一下，让头上开梨花的奶奶知道，自己也很乖很聪明。听课时，她坐得很正，耳朵几乎要竖起来，眼睛一直跟着老师移动。可是，有一处她还是没听懂。好在这节课老师没有叫她。老师或许怕她战战兢兢一言不发，影响班级形象吧！

做练习题时，她很想全部做对，然后高扬起小手。身边这位奶奶看到她高扬的小手，就仿佛故乡的奶奶看到了。窗外的梨花，故乡的梨花，两个奶奶头上的梨花，都会欣慰地笑吧？可刚做两道题，没听懂的地方就成了拦路虎。“老师！我！我！……”她慌乱地抬起头，同学们已扬起手臂，争着抢着要发言了。她低下头，盯着拦路虎发呆。

三

有人轻抚了一下梨花的头。她一转脸，听课的奶奶正微笑地看她。淡眉，小眼，眼角伏着许多皱纹。这张脸和奶奶的不一样，笑容却是相似的。

“宝贝儿，不会做了？我给你讲讲吧。”“宝贝儿”，故乡的奶奶常这样喊她。她心头一热。“奶奶”悄声细语地讲解，才点拨几句，拦路虎就逃了。

老师叫同学对答案前，她将练习题做完了，高高扬起小手。老师扫视一遍手臂的丛林，点了别的同学。一道题对完，又一道题对完，对最后一道题前，老师的眼睛还没落到她的小手上。她欠欠身子，手举得更高，眼睛紧盯着老师的眼睛。

老师的目光终于落到她手上。她做出马上要站起发言的样子。老师的目光迟疑了一下，又移向别处。她的头，又低下了。梨花谢时，爸妈来学校看她，老师还会不会说自己听课有时走神，举手发言不积极呢？奶奶啊奶奶，梨花真想家……

她的头，又被轻轻抚摸了一下，她凉透的心，又涌过一股暖流。

下课了，“奶奶”站起身，顶着几朵梨花走出教室，随数学老师去了办公室。她追出去，怯怯地站在办公室外，直到上课铃响，才回教室。

这节课，她心神不宁。刚才那位“奶奶”，让她觉得教室不再陌生，有了亲切感和熟悉感。她想亲自目送头顶上那几朵梨花离开校园。练习时，又遇到拦路虎，她怕自己褪不尽的乡音又惹来同学笑话，便像往常一样，任拦路虎横在那里。

又下课了，她放笔时，发现铅笔盒里躺着一支陌生的钢笔。“一定是‘奶奶’给我讲完题无意间放进去的。”她心里嘀咕着，小心地将钢笔攥在手中，向数学老师办公室跑。门开着，办公室里空无一人。

四

梨花从下楼的同学缝隙中往下挤。

“挤什么挤，楼下有金子啊！”她攥紧钢笔，觉得自己在追赶比金子还重要的东西。

在楼梯拐弯处，她撞到迎面上来的男生。她趔趄几下，看清男生是班里的“大力士”。“大力士”拦住梨花，瞪圆眼睛，挥挥拳头。“对不起！对不起……”她一迭声说着，希望“大力士”放行。“大力士”闪身，挥手，一副好男不和女斗的架势：“梨花，你今天反常，蜗牛变兔子了！”

她攥着钢笔往楼下冲。最后三个台阶，她一步跨下去，右腿一软，扑倒在甬路上。

她爬起的瞬间，看到头顶梨花的“奶奶”正快步跑向自己。一起过来的，还有校长和数学老师。“奶奶”俯下身，轻拍她身上的尘土。她将钢笔递给“奶奶”。攥笔的手，一阵疼痛。那只手，被路面擦掉一块皮。那支钢笔，却没沾一点儿尘土。

枝头的白梨花，映着头顶的白梨花。星星点点的阳光从花叶间落下，落在“奶奶”头上，身上。“奶奶”的眼睛，也落着阳光，一片晶莹。

“奶奶”微笑着和数学老师、校长、梨花道别。

头顶上的几朵梨花飘向校门口。她追过去，拉住“奶奶”的衣襟：“老师，您什么时候再来……”本来，她想喊一声“奶奶”，想说许多话，却喊出一声“老师”，只问了一句就不知再说什么好。

“奶奶”再抚一下她的头：“好孩子，我一定再来。你要好好学习啊！”她忍着泪使劲点头。

上课铃又响了。她飞快地往楼门口跑。

“梨花，去医务室上点药啊！”数学老师喊。

“我先去上课！”

跑过梨树时，几瓣白梨花，温柔地扑落到梨花脸上。

这节课，她迟到了，自觉站到教室后面。窗外的梨花还在舞，她似乎又听到奶奶的哼唱：“梨花白呀，梨花香呀，梨花是个好姑娘呀……”头顶梨花的“奶奶”会再来听课的，自己一定能把练习题全做对的。

她挺挺胸，站得笔直。老师讲课的声音，清晰地进入她的耳朵。

第三辑

世情：背景人物，照亮主角人生

正因背景人物甘做各自人生的主角，才有了人间背景的绚丽多姿，才照亮了他人光彩熠熠、魅力四射的主角人生。

天使不相见

四份晚报，各成薄薄的一叠儿，又摞成整齐的一叠，拿到手里，心湖漾起一圈浅浅的感动，温暖、柔软、明亮、洁净。

晚报是一位同城的朋友提前放在报亭里的。这位朋友，在政府某机关工作，业余经营网站。互加了QQ，他成为距我最近的网友。

“一份就够了，您竟淘了那么多！”我留言。

“知道作家珍爱自己的文字，就多找了几份。”他回复。

当地晚报常刊发我的随笔，我的单位没订这份报，小城又没有报亭卖。政府订这报的部门多，麻烦他找报便成了常有的事。第一次在QQ上发出求他找报的信息，他很快回复：“五点半后，去政府斜对面的报亭取。”五点半下班，赶到报亭窗口前，报已静候在窗口里面。时光前行，岁月渐深，这样的情节重复多了，渐渐老旧。每次取报时心湖漾起的清浅感动，温暖柔软依然，明亮洁净如初。

我与他，同居一城，年纪相仿，单位相近，却从未相见。或许，曾在小城的哪条街道擦肩而过，然而，对面不相识。

在博客中邂逅一位广播电台的主持人。加了他博客公布的Q号，便又多了一位朋友。每晚十点至十一点，他主持一档“枕边书”节目。许多个夜晚，他充满磁性、饱含深情的声音，通过电波，将我的文字，传送到四面八方。我希望保存他朗诵我作品的声音文件，以备他日之用。节目结束，已是夜阑人静，他一定疲倦得很。可是，每个播送我文字的夜晚，他都要等录好的声音文件通过 QQ 传送到我电脑上，热情地道完“晚安好梦”才肯回家。

我身边不乏文学爱好者。一篇篇文字承载了一份份期待，传给我，又被我传给他。很快，这些文字便被他动人的声音演绎成节目中的电波，成为文学爱好者们珍存的声音文件。那一晚，他在节目中播了我同事妻子的散文，节目结束，等了好一会儿，声音文件还没传过来。我以为他已经回家了。他灰色的头像却突然亮起来：“抱歉啊，录音的电脑死机了，明天我再录一遍传您吧。晚安好梦！”第二天，果然收到他离线传来的声音文件。

他与我的距离，坐火车，仅半小时的车程。彼此，却从无谋面的念头。我们的交往，仅限于传递，传递文字和录音，传递问候与祝福，传递欣赏与感激……他夜晚传递的谦和鼓励，让我们对文字的热爱，更浓更深。

遥远南国的一位副刊编辑，常将我博客中的随笔变成他版面的铅字。常收到他寄来的样报，信封上的字迹，潇洒而遒劲。他的人，也一定是帅气而洒脱的吧！和他成为 QQ 上的好友，他的话语，却并不多，一杯咖啡，一张笑脸，是永恒的表情。一个雪天，意外收到他的留言：“我来北京出差已一周，遇上好大的雪，开心！在机场，马上回，祝福你！”其实他早知道，我距北京，咫尺之遥。

未曾相见的他们，都是我的异性朋友。我不知他们是否“高富帅”，他们也绝不问我是否“白富美”。他们是夏日的清风，虽形影不现，然而树叶歌唱、花草起舞，清风的吹拂却惬意凉爽；他们是冬夜的太阳，虽不露踪迹，然而月华满天、银辉遍地，明月折射的却是太阳的光芒。在这个欲望膨胀的时代，未曾相见的他们，都是友善热情、纯净美好的天使。

温情牛皮纸

下班时，门卫师傅递给我一个牛皮纸信封。信封颜色是素朴沉静的赭黄，右上角贴几张鲜艳的邮票，是一封挂号信。写着地址和名字的清雅笔迹，让人想到温暖而纤柔的手指。右下角是一个陌生地址，地址后署着陌生的名字。小心地拆开信封，一张平整的报纸，散着淡淡的墨香，我的文字，以惊喜的姿势，绽放在眼底。报是谁寄的呢？

哦，记起来了。一月前，将一篇文投给南方一家报纸，几天后浏览这份报的电子版，投出的文章已发表在上面。在QQ群里聊天，提到这次发表的事，一位没说过话的朋友热情地招呼我，说她就在那家报所在地的一个山村教学，可以帮我找到报纸寄过来。我便给她留了地址和姓名。第二天上网，看到有她的留言，说是打电话托几位亲友帮忙，报都没找到。素昧平生，以为她不会再找，网上她寥寥的几句话很快被忙碌的日子湮灭。想不到，她竟花几元钱挂号寄来这张价值一元的报。居于偏僻的山村，要找到一张属于繁华都市的报纸，再到邮局挂号寄出，其间会经过怎样尽心的周折呢！

想着远方那位陌生的朋友，捏着信封的手暖起来，赭黄的牛皮纸有了心灵的热度。家里有许多这样的牛皮纸信封，因为刊有我文章的一张报或一本杂志，它们从遥远的地方，划出美丽的曲线，辗转来到我面前，被我感激地凝视，小心地拆启，再沓在一起珍藏。牛皮纸不说话，上面的字迹或刚劲或潇洒或秀美，惹得思绪飘出很远。遐想四面八方寄出这些信封的人，那些人，都与文字有着千丝万缕的缘，有文友，有编辑，也有读者。

清楚记得那个秋天的周末，点开自己的博客，看到两位报纸编辑的留言，说是要选发我的文字，要我发纸条告知地址，以便寄样报和稿酬。纸条发过去，没多久，就收到两个牛皮纸信封，报纸副刊上，我的博文，已经过他们的妙手编辑。我也常顺着留在博客里的足迹，悄悄地去拜访他们，读他们的文字，想他们的生活，感受他们的精神世界。久了，便知道，两位负责的编辑，一位是出尘的贤夫良父，酷爱围棋；一位是洞庭湖畔长大的江南女子，诗文俱佳，温善婉美。

在这个远离了书信的时代，粗糙的牛皮纸，将人世间的细腻，封进一只只信封里，载了热情与责任，缩短天涯陌路，让心与心近在咫尺。这些不起眼的牛皮纸，封起的是人性中丝丝缕缕醉人的温情啊。

穿越时光的“春风”

春晨上班，爱好书法的同事喊我：“你的信！信封上的大字，潇洒得很！”同事虔诚地举起手中的信封，三行漂亮的黑色钢笔行楷赫然入目。收信人一行，我的名后是“女士”二字，右下角的报纸名和人名都很陌生。

信封里，是一份叠得整整齐齐的样报。展开报纸，一张白纸黑字的便签花儿一样在眼底盛开。洁白的纸片，行云流水的行楷，规矩的书信格式，热情洋溢的字句。一缕温润的春风轻拂，感动的心花倏然绽放。

才记起，不久前朋友邀我加入这家陌生报纸的副刊作者群，当时刚写完一篇随笔，便按群公告里的电子邮箱地址将随笔投出。想不到，作品这么快见报，编辑还寄来样报和亲笔信。

点开 QQ，寻到这个疏于关注的副刊群，几位作者发的消息蹦出来，内容大致相同：感谢编辑老师！感动于他寄来的样报和亲笔信！翻群聊天记录，类似消息竟有许多条。

“不客气！新一期样报正准备寄出。”编辑老师最近一条回复，后面附一张图片，两列微微鼓起的信封整装待发。淡雅的背景，洒脱的行楷，是一缕又一缕温雅暖心的春风。十几封信，收信人名后，或是“先生”，或是“女士”，心中又有一片片感动的花瓣展露芳颜。这些收信人中，一定有人如我一样，是这家报纸的新作者。编辑老师一定如许多报刊编辑一样，每天收到几百封电子投稿，需花很多工夫审稿编稿。面对那些陌生的名字，他如何准确知悉是“先生”还是“女士”？

同样作为副刊编辑，我们当地日报的编辑老师从未给我寄过样报和亲笔信。因为，我们单位各科室都订有这份日报。隔三差五投稿到他邮箱，隔三差五接到他的电话。谦和沉稳的男中音，磁性饱满，从电话那端，春风一般，徐徐吹来。风来之时，我近日投去的某篇散文，或者已花朵般在他编辑的版面散着墨香；或者蓓蕾待放，已花开有期，他要和我推敲某个字句。

最近一次接到他的电话，是我投去一篇散文几天后。这篇散文，与我的生日有关。“许多不知名的各色野花，一穗穗，一丛丛，一朵朵……你这个句子，量词用得有失逻辑，如果是由远及近聚焦野花，应该先是‘一丛丛’，再是‘一穗穗’，‘一朵朵’……”文章见报那天，恰逢我的生日。副刊版面上，那一句已改成“许多不知名的各色野花，一丛丛，一穗穗，一朵朵。”这份特殊的生日礼物，如一株木本的花，扎根到生命里，将季季迎风，岁岁芬芳。

电话里，他偶尔谈及文学，上下古今，纵横中外，滔滔不绝。曾因他对某位名家某部名著的爱不释手，网购了书，追随他阅读，夜阑人静，仍爱不释手。

和本地许多文友交流，几乎都接到过这位编辑老师的电话。某位朋友因感激于他的耐心指点和热情鼓励，想以在副刊获奖的奖品表达点滴谢意。他却终不肯接受。某位当地作家曾这样介绍他：年近五十，温和儒雅，谦善有礼，北大毕业，是极专业的好编辑……

想起学生时代发表处女作后收到的第一本样刊，我的文后是编辑老师的温暖点评。犹记得最后一句：我们希望小作者如她自己所写，让我们在文学的天地中，看到一颗新升的朝阳，“一个迷人的火红的充满生机的生命”。看完点评的一刻，春风漫过心田，一颗朝阳般的文学花种，悄悄萌芽，无声滋长。二十多年过去，书信时代早已远去，偶尔亲近纸笔已成为极困难的事，为一个字句运用的细节推敲交流也成为奢侈。

然而，众多的编辑老师，以责任为犁，以热心为铧，以各自的方式，坚持播种着一缕缕温暖的春风。就是这样的春风，穿越时光，让心田的颗颗花种，长成一棵棵文字的花树，墨花常开，扮靓了众多文学爱好者的平凡人生。

百度链接的温馨

几年前，我还在学校。教学生活之暇，申请了自己的博客，闲来敲入陋闻琐见和零思碎感，承蒙编辑老师抬爱，博文见诸报刊，开作铅痕之花。偶有兴致，百度自己的名字，博客与报刊的链接零星入目。心中暗喜，更是添了积叶成章的精神，百度里的链接便一页页有了厚度。

朵朵铅花，悄然初绽于报刊一隅，最先读到的常是远方的文友。不知是哪个词哪个句子赢得片刻共鸣，一个题目，几行絮语，成了百度天空里的一片祥云。驾雾而来的，是高山流水的序曲：精彩评论，合理建议，热情报喜，报刊相寄。及至互解忧愁，共享欢乐，天涯咫尺，相携前行，成就桃花潭水的深挚旋律。

曾经有一日，登陆博客，许多文章后都多了同一个陌生链接，链接下跟着一段段点睛入木的评论。从此，这陌生链接成了常客。感动于不懈不弃的阅读、理解与鼓励，回访过去，却是荒着的田园，未种下片言只语。竟以为是身边相熟的某人，空博相访，只为关注之便。偷送纸条，殷勤相问，却是远在青岛的同行，因在杂志上读到我的亲情文字，感动之余，百度到我的博客，博客里便多了这位热心读者。那时，正忙碌于三尺讲台上下的琐碎，也于红尘扛着家庭的责任，他说曾为这样的生活所苦，是我文字的阳光打开了心灵的天窗，让他豁然开朗，找到前行的动力。

在学校时，课间，精灵的女生凑到我耳边："老师，我百度到了您的名字！"那份欣喜，宛若发现新大陆，俨如又一个哥伦布。从此，博客上，便偶有宝贝们的足迹："原来，您在这里！""老师，您好棒哦，同桌说您是她的偶像！""我是您学校里的一名学生，很喜欢读您的文章！怎样发表文章呢？""我是您以前教过的学生，在清华大学读书，百度您的名字，搜到了您的博客………"这些孩子，有的日日相见，有的不辨容颜，有的已展翅高飞，百度寻我，匿名或特意申请了博客来访，评论、留言或暗送纸条，传递着对老师的一份好奇，一份喜欢，一份敬意，一份崇拜或思念。

同事、同学、亲人、旧友，也常常寻了百度的蹊径，博里留字，电话道贺，又或促膝激励，让寻常的生活平添几分别样的滋味。

读朋友的文《那些个"我"》，他百度和自己同名的那些人，北京舞蹈学院的学生、广州的残疾青年、大学讲师、报社记者……他们生活在全国不同的地方，却仿佛有一条看不见的红线，将他和他们紧紧地牵系在一起。朋友生命中，便多了一份牵挂，一份关注，一份守望。

远远近近的朋友，清风明月之下，想一想百度你的那些人，你就会知道：平淡的生活，链接着一份又一份温馨；凡俗的生命，原来各有不同凡响的意义。

那些凡俗而人性的雨

黄昏，飘起细雨。未到闭园时间，游人便纷纷散去。细雨沾湿的植物园，像水墨涂染的画卷一般，叶更绿，花更艳。我擎一把伞，漫步在这烟雨迷蒙的画卷中。伞布上，枝叶间，都有沙沙的雨声在轻轻吟唱。近处的树丛后，传来更清晰的沙沙声。枝叶的缝隙间，一个老妇人的身影在闪动。转过去看，淋在雨中的她，发丝凌乱，黑脸，旧衣，布鞋，一手挥着笤帚，一手拿着簸箕，正低头清理着石径上的垃圾。那清晰的沙沙声，就是这位清洁工阿姨演奏出的乐曲。

“阿姨，下着雨还干活？也没带把伞？”

“这点雨不算什么，每天清理干净回家才安心。”她抬头看我时，迎着斜飞的雨丝，扬起一脸质朴安详的笑容。那清晰的沙沙声，化作洗涤心灵的细密雨丝，在黄昏的细雨中浅吟低唱。

晚上，独自在家，辗转好久才得以入眠。夜半时分，却又被窗外的急雨惊醒。不敢开灯，黑暗里，无边的孤独和恐惧包围着我。虽在五楼，一个人过夜，仍然提心吊胆。我怀疑窗子没有关紧，便悄无声息地摸到窗前，极轻地掀开遮光窗帘去察看。一道亮光在窗下晃动。心提到嗓子眼，屏息静气地望下去。借着小区里昏暗的节能路灯光，看到一个人影，打着伞，走走停停。那道亮光就是从那人手中射出的，是手电筒的光芒。亮光穿透朦胧的路灯光，穿透珠串似的雨帘，穿透每一寸阴暗的角落，在一家一家的车位上，一棵一棵的树影间，一片一片的草丛中，移动着。有一刻，人影移到稍微光亮些的路灯边，伞被风掀偏，浅色的保安服格外显眼。

那一刻，孤独和恐慌潮水般退去，伴着窗外的急雨，心头也落下一场宁静而祥和的雨。保安的承诺是早就知道的，为了保障小区秩序井然、居民平安，他们每隔一小时就会在小区里巡视一圈。只是亲见这冒雨巡夜的一幕，才终觉泰然。

北方连续暴雨后，又一场暴雨从天而至。电闪雷鸣中，在一个偏僻的胡同里，我躲进一个楼门洞避雨。雨瓢泼而下，路上的积水很快变成急流的小河。可是，仍然没有出租车过来载我回家。终于驶来一辆车，是写有某驾校字样的教练车。车在我面前停下，车上坐满人。车门打开，一个女子从座位上下来，向司机师傅道谢。想必她的家，就在路边的楼里了。未等车门关上，我急切地冲车里喊一声："师傅！"司机似乎知道我的窘境，温和地答一声："快上车。"我湿漉漉地坐到空出的座位上。司机师傅又问了句我去哪儿，便专注地看着前面的雨路。他应该是驾校的教练吧！车上的人一个个在离家最近的路边下车，直到住得最远的我下车后，他才驾着教练车返回原路。

雨中的清洁工、保安、驾校教练，不过是这世间再凡俗不过的人。然而就是他们，给一场场凡俗的雨，注入人性的责任和热心。

在自然的雨给尘世带来或润泽或灾害的时候，一场场人性的雨也降落我们干涸的心底，涤出洁净，刷出平安，淌出温情，催开这人间平实而动人的花朵。

那一抹抹动人的绿

上世纪八十年代中期，我读初中。听着收音机里《血染的风采》的动人旋律，想象着解放军战士们在老山前线的飒爽英姿，眼里便浮现出一抹绿，清新、自然、勇敢、坚毅。于是，写下一封真情洋溢的信，满满的三页文字，承载着纯净少女对解放军叔叔的敬佩、感激与关切。我在信封上郑重写上“云南省老山前线”“解放军叔叔收”，然后写上自己的地址和姓名，满怀希望地将信投进邮筒。这封没有具体地址和收信人的信居然很快有了回音，真的是一位解放军叔叔写来的，他亲切、热情地表达了对我的问候和感谢，还介绍了他们在前线以苦为乐的守边生活。这封信，成了一件爱不释手的珍宝，反复阅读，那抹拨动心弦的军绿一次次在眼前、在梦里浮现。

再过十年，一曲《十五的月亮》牵动着许多女孩儿的心思。理想中的另一半，是个绿装整洁的军人。军嫂的梦没做成，与军人的缘却历久弥深。爱人的父亲是个离休的老军人，参加过辽沈战役、抗美援朝战争、新时代的建设。老人的旧箱子里，是一叠叠褪色的黄的绿的军装，和一枚枚跨越时光的勋章。给学生们讲《谁是最可爱的人》，我用一块鲜亮的红布做背景，红布上挂满沉甸甸的勋章，孩子们全都擦亮双眼，脸上写满惊喜和敬意。那一抹抹被岁月黯淡了的黄与绿，那一枚枚被时光蚀锈的勋章，如老军人们沧桑的容颜、皱褶的肌肤，饱经风霜却眉开眼笑。旧时代的枪林弹雨，摸爬滚打，换得新社会的山河静好、日月明媚，怎能不自豪，怎能不欣慰？

2005 年夏天，去白洋淀赏荷花。那里是电影《小兵张嘎》的主人公“嘎子”的故乡。风舞荷香，菡萏醉人，站在小船上拍荷入迷，不慎落入水中，赏荷的惬意顿时被无边的恐惧代替。不会游泳的我无望地挣扎。一分钟左右的时间，似乎长过了一个世纪。绝望之际，一只有力的大手牢牢地抓住我的脚。我安然无恙地回到船上。黝黑的船夫穿一身发旧的迷彩绿，不停地安抚着惊魂未定的我。他的几句话我至今记忆犹新：“我是个退伍的兵，上了我的船就不用害怕，有我在，就一定保证你的安全。”

近些年，雪灾、地震、干旱、洪水等灾害不断。紧要关头，是解放军和武警官兵，不顾个人安危，一次次用汗水甚至鲜血书写出人间大爱。和平年代的一抹抹军绿，不仅系着国家的长治久安，也系着亿万百姓的幸福与平安。让我们唱响一曲曲英雄的赞歌，让中华大地处处回荡感恩的旋律！

浅情薄意

午后，下电梯走到单元门口，见到住在一楼西门内的老太太。她欲出去，却不知如何打开紧闭的单元门。老太太已九十多岁，患有老年痴呆症。她六十多岁的女儿常牵了她的手，在小区里散步。老太太孩子似的被女儿领着，一边颤颤地走，一边絮叨些不着边际的话。老太太看我到门边，颤巍巍对我作揖，用含糊的声音恳求："行行好，开开门，我要回家……"听她女儿说过，老人虽神志不清，却知老家在黑龙江，而非晚年寄居的河北。思家念归，是老人每天都有的情绪。午休时，老太太大概又想起遥远的故乡，便趁女儿未醒，偷偷跑出来了吧？那些走丢的老人，或许就像她这样被一念情绪牵着，向着家的方向"走"，却迷失在茫茫人海。

面对老人的恳求，我没有旋开门框上的按钮开门放她"回家"。我伸出手，拽住她的胳膊，慢慢地扶她走到一楼西门外，轻轻地敲门。敲了一会儿，老太太的女儿开门出来，睡眼惺忪，却感激而抱歉地笑望着我："我刚睡一会儿，我妈就跑出来了，她自己出去，还真是危险。谢谢你啦！耽误你上班了啊，路上慢点！"

平日里，和这家邻居只是见面说句话，并无过多往来。这一刻，我却担心老太太出门迷失，付出举手之劳将她送回女儿家里。这份儿担心，轻淡如浮云，浅薄如蝉翼。

下班时，天上飘起细雨。我站在单位大门外，打着伞等一位朋友。朋友让我帮忙给她读小学的女儿找一套试卷和答案。我找到后，打电话给朋友，约好下班后在我单位门口给她。一辆汽车缓缓开出，在我身边停下。车窗玻璃摇下去，一张年轻靓丽的脸探向我："姐，家住哪儿？我送你回去！"这位美女同事，在单位见过许多次，办公室离得远，竟叫不出名字。"我等个朋友，谢谢哦！"同事的汽车陆续从院内出来，陆续停在我身边，一张张微笑的脸从摇下玻璃的车窗里探向我："坐我车，一起走吧！""下雨，路不好走，我送你回家吧！"……

朋友开车过来，我交付了帮她找的试卷和答案。她连声道谢，知道我没开车，便请我坐上车，将我送回家去。

晚上，手机铃响，是朋友发来的短信："送你回家时忘了对你说，你穿着碎花裙，打着粉红伞，站在雨中，很美！"喜悦着朋友的赞美，回想着并无深交的同事们为我停车摇下车窗玻璃的关切，心湖泛起一圈儿幸福的涟漪。

我和爱人到一个小店吃饭，都要了担担面。两碗面端上来，却稍有不同。我的面上，点缀着青得耀眼的油菜叶，还撒了一层脆香的炒黄豆；爱人的面上没有油菜叶，覆着一层橘红的切碎的腌胡萝卜。这个小店，以前曾去过几次，最近已有半年不"光顾"，第一次去吃担担面，我要求多放几片油菜叶，再撒上一点儿酸辣粉上放的炒黄豆。我和老板娘说，小时候在农村，生活条件差，母亲炒一捧黄豆，脆香脆香的，是美味的零食。爱人则对她说不爱吃油菜，喜欢吃酸腌胡萝卜。小店生意红火，每日熙来攘往，时隔半年，忙碌的老板娘，居然还记得我和爱人吃担担面时的细节。心中生出一丝感动，如沐轻风，如闻淡香。

作家群里一位北京的女友，平日安安静静潜水。有时哪位朋友在群里炫一下在北京某大刊发了文章，女友的头像就会蹦出来："请留地址和邮编，下班后买份样刊，很快给你寄去。"同是写字的人，她知道大家对样刊的钟爱。许多个日子，她下班直奔报刊亭帮朋友买样刊，等休息日再到邮局寄出。

深情厚谊，让人刻骨铭心，可以恩泽一生。我们幼年时就记住这个词语，然而生命的漫漫长路，行走于尘世，多的却是君子之交，萍水相逢，并非时时都能体验到厚谊深情。人际间的浅情薄意，像一抹抹金色的晨光、一丝丝飘逸的细雨、一缕缕清爽的微风、一片片柔美的地丁……凡俗庸常，却能点亮时日，滋润心灵，怡养神思，扮靓生命前行的路程。

我的热情与橘子无关

那日，我们在成都温江的绿道上骑游。绿道边，树叶苍葱，野花明艳，桂花香浓。听着哗哗奏乐的水声，逆着逶迤的河流向前，慢下来的身心在曼妙的时空里轻松起舞。骑行了一段，前面出现了岔路口。下了车，站在路口，心里犯了愁：因为阴天，本就辨不清方向，面对伸向未知方向的左右两条路，这一刻，瞻前顾后，视野里都无骑行的人。哪一条，才是始终依水的正路呢？

右面的路边，紧挨岔路口，小小的橘子摊后，安闲地坐着个中年女人。矮小的身材，粗质的衣装，面容古朴而少光泽。发现我注目她，她友善望向我的同时，微笑就在脸上绽开了。

“大姐，请问哪条路是沿河向前的绿道呢？”

她从小圆凳上起身，站起来迎向我。她走到岔路口，手指向左边的路说：“是这一条，一直往前就好。什么时候骑累了，就往回返吧。”她努力放慢语速，想将字句吐清楚，还是盖不住浓重的川音。还好，我们听懂了。

我道谢，她连连摇手：“不客气啊，妹妹！”女人微笑着往后退，退到摊上的一堆饱满鲜亮的橘子后面，却没有马上坐下，依然笑望着我们。

我们骑上车，继续前行。几分钟后，才恍然：绿道人稀，买橘子的自然少，回到摊前不肯马上坐下的她，热情的笑望里应有一种隐隐的期待吧。刚才，应该买几个橘子的。

再回头，女人又已坐在摊子后面，一脸静静的笑意。我忽然觉得，返回去买橘子的行动，相比她脸上的安宁与恬淡，显得极不自然。

继续前行，一路悠然，一路欣喜的发现，很快将问路的事情抛到脑后。几位垂钓的老翁，两个卖栀子花的老妇人，都已是耄耋之年，却因为那份静钓时光的悠闲，因为那浓郁扑鼻的甜香，让我们驻足，叹羡，流连忘返。

归路上依然是景美声清，在花和叶浓浓淡淡的气息里感到心神俱爽。又到了那个岔路口，前后又不见骑游的人，竟然又辨不清回归的方向。卖橘子的妇人还坐在那里。这一次，我们径直将车停到她摊子前，却仍然忘记了先买橘子。

“大姐，真不好意思，这么一会儿，就忘记哪条路是通向出口的了。”女人比来时更加热情地微笑着，指点着，似乎因为刚才的那一次问路，我们已成了熟识的人。问完路，我赶忙说：“给我们称几斤橘子吧。”大姐看看我们车筐里的矿泉水，说出的话出乎我们意料：“你们是外地来成都旅游的吧，自行车肯定是在绿道入口处租的，又没带包。这里离城里远，买三两个在绿道中吃完是可以的，若买多了带回去，是累赘，还是别买了……”她那慢声慢调掩不住的浓浓川音，比婉转的鸟鸣更动听，比馥郁的花香更醉人。

“我的热情与橘子无关。”我听到了大姐未曾说出的心底妙音。

卖橘子的大姐，坐在岔口近旁的摊子前，不仅是在卖橘子，更是在静享和绿道风景一样美丽的慢时光，就如钓鱼的老翁，卖栀子花的老妇人一样。她在这样的时光里，彰示着人性最质朴本真的热情。这热情，与橘子无关，与利害得失无关。

面对大姐淳善的热情，不由反思：行于人海，处于世间，到底有多少个无意的瞬间，我们好心地亵渎了那一份份自然流露的质朴与本真？

一滴水里的花开

华北平原的芍药，五月中就已花事寥寥；五台山的芍药，六月末才一片明艳。山寺里燃烧的红芍药，绚丽的彩霞一般，与净朗的蓝天白云上下呼应，美不可言。

六月末，正值盛夏，是五台山旅游旺季。很多人到这里享清凉，理佛事。灵鹫峰上的菩萨顶，游人如织，香客如云，烟雾缭绕。大雄宝殿前，苍苍古木下，几株不起眼的“草”，矮小瘦弱，长在古木根部砖砌的池子里。若不是那个驼背老人，这几株“草”很难引人注意。

那个驼背老人，佝偻着身子，左手拎一个鼓鼓的蛇皮袋，袋口敞开，里面是矿泉水瓶和饮料瓶，右手捏着一个刚从垃圾箱里捡出的矿泉水瓶，瓶子底部是游人未喝光的清水。老人蹒跚地挪到古木下的池子边，停住脚步，左手放下蛇皮袋，拧开右手的水瓶盖，缓缓地将瓶身靠近池子里的“草”，慢慢地把残余的清水倒下去。瓶口的细流很快变成水滴，老人甩甩瓶子，混浊的双眸，慈怜地凝视着涓滴润泽的弱小，像面对自己孙辈的瘦弱孩子。老人把袋里的瓶子一只一只小心地取出，所有的矿泉水瓶，他都向着那几株“草”倒了一遍，甩了一遍。细弱的叶子，鲜亮着，在清风中快乐地颤动。仔细看，那几株“草”，竟是小芙蓉花的幼苗。这个季节，我在的小城，植物园中、寻常百姓的小院里、马路边，小芙蓉的花朵早已开得金黄灿烂。和老人交谈，他说，山上水少，早晚又冷，花草长得慢。不过，花开的时候，都和芍药一样好看。

老人将瓶子一只只装进蛇皮袋，拎着袋子离开池边。望着他沧桑的背影，心中涌动着一滴滴清水的柔情，眼前璀璨着一片小芙蓉的花朵，和山寺盛开的芍药一样明艳。

五台山归来不久，在新浪网看到一个贫困山区小学校长的博客。这位校长自称“行乞校长”，借助网络为学生们“乞求”精神食粮：“一本书，哪怕是一本旧书，也可以点亮孩子一生的希望。”他梦想每一个孩子，都能阅读更多的文化启蒙读本；他期待一点点来自远方的阳光，将孩子们的人生之路照亮。置顶的博文中，有几幅山区留守儿童的生活照。照片背景和孩子们的衣衫，只能用“黯淡”“破旧”“褴褛”等词语形容。最让人心疼的，是稚嫩眼神中流露出的焦渴和迷茫。

一滴水的柔情在心中悄然流淌。我按照国家图书馆正式颁布的小学生基础阅读书目，在当当网选了一部分，照博客上的地址、邮编、电话等信息填好订单。那是一个快递无法抵达的地址，付款一个多月后，已到了暑假开学之时，订单中才出现包裹送达的信息。再点开那位校长的博客，看到他最近发布的博文：“通过网络募捐，学校收到超过两万册，价值二十多万元的各类捐赠书籍……目前，还有各地捐赠的书籍源源不断地寄往学校……”

我购自当当网的那些儿童书，多像五台山驼背老人的一滴水。千千万万滴水汇成温暖的细流，注入孩子们干涸的心田，润泽焦渴的眼神，冲尽目光中的迷茫，为成长的人生指引健康的方向。山区留守的孩子们，或许现在是山寺古木下细弱的小芙蓉幼苗，然而，滴水柔情不断汇聚，终会绽放出一片璨然，如六月芍药彩霞般明艳。

背景人物，照亮主角人生

我去大学里看女儿。秋雨夜，空气湿冷，气氛宁寂。女儿去参加一个会议，我在自习室读书。近十点半，自习的同学陆续离开，偌大的教室里只剩下我一个人。隐隐地，有了一份担心：如果此刻有歹徒闯进来怎么办？如果独自留在这里的是女儿……我不敢再想，匆匆合上书出门。

因为和女儿约好在自习室等她，我不敢走远，瑟瑟地站在自习室门前。

门前的台阶下是一大片银杏林。白日所见，树木繁茂，枝叶相连，风中摇曳着成千上万片金黄的小扇子。细雨绵绵的秋夜，有明亮的路灯光衬着，这林子，本该别有一份静谧润泽之美的。然而，林子里却藏着个名叫恐惧的魔鬼，将一片诗情画意全吓跑了。

林边路上，偶有学生打着伞走过，风姿潇洒，全无惧色。校园的时空，日夜更迭，阴晴变幻，季节轮回，全是背景。这些天之骄子，似乎永远是校园的主人。无忧无虑的他们，哪里意识得到潜在的危险？

耳边突然响起一声咳嗽，这咳嗽声如此清晰，距我只几步之遥！

我警觉地把包儿护在胸前，抱紧双臂，头扭向声音的来处。自习室右面，昏暗的走廊边，站立着一个人，脸朝向我这边，看不清他的面目和衣着。男子近旁，停着一辆白色的摩托车，那一定是为了作案后快速逃跑准备的吧？

我慌乱地下了台阶，向路边疾走。

女儿悠然地迎面走来。“妈妈，为什么走这么快？好像有追兵似的。”

我抓住女儿的手，压低声音说：“快走，走廊里有人！说不定是坏人呢！”

“妈妈，你说的是保安叔叔，还是锁门的阿姨？每天24小时，都有保安站在走廊边，两个叔叔倒班。锁门的阿姨每天十点半准时来锁自习室的门，早晨八点再来开门……”

我的心，瞬间释然。

第二天，女儿去上课，我又走向自习室。阳光明媚，空气清鲜，银杏林里，一树一树润泽的金扇子，焕发着梦幻般的美丽。

一个中等身材，穿灰色制服的中年保安，面容慈和，目光炯炯，笔直地站在走廊边。大概是怕挤占了学生们的路，他的背几乎贴到教室的墙壁。大学生们三三两两地从他身边走过，个个青春洋溢，气定神闲。学生们大多目视前方，很少有人将目光转向保安，向他打一声招呼。

我没有马上进自习室，而是虔敬地从保安身边走过，微笑着向他问过好，然后坐到长廊座椅上。长廊里，石栏边，一个女孩儿在背英语。长廊外，树茂草青，黄槐花开得鲜亮灿烂。几只跃上跃下的鸟，唱得欢快。自习室窗内，大学生们安然静坐，或读或写。转头望向保安，他依然笔直地站立，身边的白摩托时刻待发的样子。他身后的背景，就是那叶片金黄的银杏林。几个园艺工人，在修剪枯枝，清理落叶。

倏然间，我想起校园之外的许多人。黄龙景区，急着上山顶一览五彩池胜景的游人，挤满了通往山顶的木栈道。每隔一段距离，就看到一个穿着暗淡藏袍的保洁员，在标着“小心路滑、跳下危险”的栈道边上缓步行移。有时，他们会吃力地下到路边沟壑里，然后再吃力地爬上来。如此往复，在高寒缺氧的山上，他们用手中的叉子、笤帚和簸箕，清理着游人随意丢弃的垃圾。为了永葆奇山秀水的鲜丽之美，不知他们在自己所辖的短暂路段，往复了多少年，还要多少年不变地往复下去！

去参加某次会议时，注意到一个沧桑的老人，大概是个勤杂工。他侧着身子，高高掀起厚重的棉门帘。一行上百人，一个接一个经过他身边，进入会场落座。直到最后一个与会者进去，老人才轻轻地放下门帘，安静地退到角落里。

……

在大学校园的花草和楼宇间，在自然和尘世的各个角落，有那么多默默无闻的背景人物：保安、锁门阿姨、园艺工人、保洁员、勤杂工……他们创造并守护着一份和谐宁馨、洁净便利。正因背景人物在平凡岗位上甘做尽职的主角，才有了人间背景的绚丽多姿，才照亮了他人光彩熠熠、魅力四射的主角人生。

尘俗小雅

闲翻《现代汉语词典》，邂逅“雅”字。读其义，竟有八种之多。众义项中，最青睐的，莫过于“高尚；不粗俗”。再查“高尚”，除指“道德水平高”外，还有与“不粗俗”相近之义：“有意义的，不是低级趣味的娱乐。”

高雅，文雅，雅观，雅致，雅趣，雅兴，雅人，雅士……诸多“雅”词，都是高尚不俗的“雅”义绽出的芳花香朵。这些“雅”的花朵，若盛放于大雅之堂，自是雍容大气；若点缀于庸常尘俗，也别有一番风情韵致。

我去位于城市边缘的小学听课。巷子尽头，学校小，教室也不宽敞。随便选了一节语文课去听。女教师相貌并不出众，却很雅致，微胖的身材，暖色的衣衫，素净的脸，头发整齐地绾在脑后。她和风暖阳般在黑板前移动，在教室里行走。满室的孩子都蓬勃成春天的植物，洋溢着生机和活力。

教室里装有电子白板，教师若想偷懒，可以完全借助多媒体，不用写一个字。然而，上课伊始，她便习惯性地捏起一支粉笔。四十分钟内，那支粉笔一次次在黑板上欢快地舞蹈。课题、文章的线索脉络、关键词句、甚至易错的字和读音，都清晰地绽放在黑板上，如春天的次第花开。她的板书，端正洁净、规范整齐、美观大方，是课堂上悦目赏心的一景。孩子们书本上的字，也工整干净，与她的板书，有神似之处。

她的板书，让人想到汉字文化、书法艺术，想到传承。

课后交流，赞她的字。她谦虚："在书法方面，我还是个学生。"为练一手好字，提高书法素养，给孩子们示范，不负传承使命，她真的去做学生。暑假里，她顶着炎阳，穿过半座城，去书法培训班学习楷书。到培训班学习的，除了她，都是小学生和初中生。她坐在孩子们中间，专注地听书法老师讲楷书四大家"欧颜柳赵"，认真地学习执笔、运笔，一笔一画地用心临摹。凝神静听时，提捺顿挫间，已经四十几岁的她，雅情四溢，娴雅动人。

我们单位门外是一条小街。小街边有一个小摊，修自行车，配钥匙，也磨菜刀和剪子。城市虽小，可这样的小摊已为数不多，因为活计随生活现代化水平的提高已越来越少。这个小摊边，却总围着一圈儿人。摊主黑瘦，一双粗糙的大手，常年穿的，都是旧衣裤。衣服颜色，是褪了色的灰、绿、蓝。只偶尔，他用粗糙的双手，补一条自行车胎，配一把钥匙，或捏一把旧刀在旋转的砂轮前。每天的大部分光阴，坐在摊后的他，膝上竖一把老旧的二胡，左手按琴弦，右手拉弓杆，随着曲子的旋律，一双粗糙的大手在空中翩然起舞。《二泉映月》《北京的金山上》《八月桂花遍地香》《牧羊曲》……变幻重复的旋律中，小摊上空的柳枝上，细雨中鹅黄的新芽，变成骄阳下茂盛的绿叶，又化作萧瑟风中金黄的蜻蜓。附近中学里的孩子，走了一茬又来了一茬，他的活儿仍不见多，他拉二胡的兴致却与日俱增。窄而喧嚣的小街，因他的雅趣而增了几分雅意。

我居住的小区花园内，夜色中常见两个男人，一老人一青年。老人是退休工人，青年是小区物业的杂工，谁家装修，他负责运送沙子水泥等材料。老人吹拉弹唱样样都会，青年便常在晚饭后来找老人聊天学艺。犹记得春天的月光下，怒放的紫丁香散着馥郁的芬芳。愉快的低语声，口琴、葫芦丝或手风琴的奏乐声，不时悠扬地响起。两个凡俗男人的雅兴，如丁香花的芬芳，沁人心脾。

人间四月，春花正盛。街心公园里，一群群凡俗的人，练太极、抖空竹、舞长剑、下象棋，吹拉弹唱，各得其乐。

人间的别称，“尘俗”算一个。既是“尘俗”，难免为工作繁忙，为生计劳碌，为喧嚣所扰，为老弱病苦所困。然而尘俗凡人的雅情雅致，雅兴雅趣，即使登不了大雅之堂，也会如路边的草木，应时应季地开出雅气的花来。尘俗小雅，让平凡的人生，多姿多彩，芬芳一路。

青春的那把钥匙

开启某扇门的瞬间，青春岁月的那把钥匙，偶尔会浮出记忆的水面。

读师范二年级时，热爱美术的我，常到画室里练习绘画。有一天，我在画室用水粉写生静物，突然身后响起一个陌生的声音："这位女同学，你的画儿，色调儿有些冷……"我转回头，身后站着个戴眼镜的男生，衣着简朴，个子不高，瘦瘦的脸有些憔悴。

后来才知，这个男生，在我们下届，酷爱书法，除了上课时间，日夜泡在画室隔壁的书法室。书画同源，爱书法的串画室，理所当然，再见他便不觉得稀罕。也偶尔应他之邀，随几个画友到书法室转转。书法室几乎是他一个人的天地。房屋正中的长方形几案上，笔墨纸砚俱全。室内一角是厚厚一堆习过字的报纸和宣纸，另一角支着一张简易的单人床。墙上挂满裱好的字画。看落款，字多是他和书法老师的作品，国画多是画室同学的作品。他学习书法的同时，自学了装裱的技艺。老师的字，同学的画，他都义务装裱，手工免费，材料也多是他自己购买。说我的水粉用色“冷”，或许因为他习惯了“热情”。

认识他不久，我开始学习工笔画。第一张比较满意的花鸟，被他看到，他主动提出帮我装裱。望着被他裱好的栩栩如生的作品，内心流溢出丝丝缕缕的感动。

与他的交往多起来。他的瘦与憔悴，慢慢有了答案：他来自偏僻农村，家境贫寒，为了买练习书法的纸、笔墨、装裱用具和材料，他一直舍不得买衣服，每日去食堂也只挑便宜的饭菜。他的课余时间几乎全部用心于书法和装裱，黎明即起，午夜才睡。

我升入三年级后，有几天，见他愁眉不展。画室的同学说，因为练字和装裱，他向同学借了八十元。那时的八十元，相当于教师一个多月的工资。同学向他要债，他一时凑不齐，又不好意思再开口向别人借。家境优裕的我，生出了“帮”他的念头。说是“帮”他，其实是还他一份“装裱债”。我到书法室找他，他正埋头练字。我把五十元钱放到他身边的几案上，说：“你先去还上别人，不够的话，我这里还有。”他拿起钱推辞，我一路小跑离开了书法室。

我买了件军绿色的夹克，同学说太老气，像是男生的衣服。我把夹克拿到书法室让他试，他穿上，正合身，我便欣喜大方地说了免费赠送的话。

他对我的关心和帮助也更加多起来。毕业那年春天，我生日，他组织一帮热爱书画的同学，每人到食堂打了一样菜，给我庆祝。我准备举行毕业画展，他揽去所有的装裱活儿。我给他材料钱，他生气地说：“那我先退还你的钱和衣服！”说着，伸手去拉上衣的拉链。我才注意到，他身上穿的，正是那件军绿色的夹克。我居然忽视了，有好几个月了，他上衣的颜色，似乎都是这军绿色。

还有半个多月，我就要毕业了。我和班里一个男生到书法室下棋，听着我们谈笑风生，他一脸严肃，一言不发。待同班的男生离开，他将一把钥匙递到我手里："每天晚上你从画室回宿舍前，帮我把书法室的门锁上，第二天早晨，再来给我开门，好吗？"因为他的执意，再加上我毕业离校已进入倒计时，便收了他的钥匙，按他的要求，深夜与画友离开画室前为他锁上门，第二天早晨再将锁打开。打开门的一刹，书法室内已开始练字的他，总是起身迎出来，站在夏日晨光里，一脸的灿烂。有一次，站在门前的他，讷讷地想要说什么，粉红的霞光里，他憔悴的脸也被涂染得绯红。

我毕业离校时，他骑车送我去车站。进了检票口，一回头，他还站在检票口外，怅然的脸上，挂着几滴泪。那一刻，他憔悴的脸，更显憔悴。

或许，我随意送出的五十元钱和军绿色夹克曾温暖过他贫寒而向上的时光？或许，我曾不止一次出现在他憧憬幸福的梦里？他从未表白过什么，我梦中的王子也并非他那样的男生。二十多年过去，早已失了他的音信。回首毕业前的那个夏天，想起书法室的那把钥匙，想起那个戴眼镜的热心男生，满心的纯净和温暖。

把梦想留给别人

还记得那一年开心辞典节目的感人瞬间。

开心辞典暑期智慧大学生特别节目现场，“开心一对一”答题正在进行。按规则，三个选手中要淘汰一个，剩下两个进入决赛。第二个答题的是来自华中科技大学的藏族小伙子朗杰赤来。答对两个题，他就停下了。面临前进还是放弃的选择，他要征求下亲人的意见。

场内的姐姐建议弟弟放弃，把机会留给尚未答题的女孩儿。线路连通到场外，大屏幕上出现了朗杰的父母。父亲因肝硬化在北京住院，母亲在医院陪护，没能来节目现场。关于儿子的梦想，爸爸有些吃力地对朗杰说：“不要担心爸爸，你希望得到什么奖品，通过努力自己拿，我不需要什么。”妈妈的一番话更是感人肺腑，她说，因为爱儿子，怕影响儿子的学业，所以一直没告诉他爸爸的病。儿子来电话让爸爸接听时，她就撒谎说爸爸去外面散步了。对这次答题，她叮嘱朗杰好好发挥聪明才智，爸爸妈妈相信他会胜利。

听完父母的话，朗杰摘下眼镜，侧过脸去。他拭泪的一刻，掌声响起来。爸爸妈妈的意愿很明显，让儿子继续，以实现他个人的梦想。作为青春洋溢的大学生，朗杰一定也有过个人的物质欲望。面对那些大奖，他的梦想是什么呢？他的家庭梦想与个人的物欲无关，是获得父亲手术所需的药品。因为这个梦想折射出的挚爱深情，这个质朴纯净的藏族小伙子，很快赢得了大家的支持和喜爱。当主持人再次问是否继续时，观众席上高亢的“前进”声伴着泪光闪闪。想必大家都希望朗杰的家庭梦想能立即成为现实。

然而朗杰选择了放弃。十个题目，他之前的缪可言已答完五个，还剩三个题目，他要留给沈阳的女孩儿，给她的梦想留下机会。朗杰的放弃意味着如果女孩儿顺利答对三个问题，只答对两个题的他将被淘汰。不能进入决赛，他的梦想便不能实现。

最终，因为失误，女孩儿被淘汰了，而朗杰和川大学生缪可言获得了决赛权。缪可言热情阳光，才智过人，开始出场时就以最高的人气获得了首先答题的机会，顺利答对五个题目后，也因要给朗杰和女孩儿的梦想留下机会，他选择了放弃。比起朗杰，缪可言有健康的父母和爷爷奶奶，八人组成的亲友团在节目现场用感染人心的笑容诠释着他的优越与幸福。他的家庭梦想，是香港迪斯尼乐园全家游。

一决胜负的关键时刻，善良的人们热切期盼朗杰能夺得这次比赛的冠军，实现他孝子的梦想。扣人心弦的角逐转瞬告停，结果却违了大家的愿，朗杰与冠军失之交臂。

站在台上的朗杰出人意料地镇静，观众席上一片静寂。这时，拿到冠军的缪可言长舒了口气，他有些激动地对主持人说：“我能不能换一个家庭梦想，我想把梦想换成朗杰父亲手术所需的药品，朗杰更需要这些。”他还说朗杰是个很坚强的人，几天在一起的时光一直用行动告诉他应该怎样做个真正的男子汉。

刹那间，温暖和感动的泪水再次绽成无数颗人性的花朵，在灯光变幻中轻舞飞扬。朗杰和缪可言，两个真正的男子汉，不仅展示了现代大学生的智慧，更让人感受到他们的善良与责任。

放弃个人或小家的点滴愿望，留一份梦想给别人，无论是亲友还是素不相识的人，只要他比我们更需要。若能人人如此，我们的社会和大家的梦想，是否更容易变成现实？

他也需要欢迎

事情发生在几年前的严冬。

周末，我在书房电脑前敲一篇文字，外面有人轻轻敲门。

爱人开门、热情招呼、关门的声音响过，却没听到来人的脚步和说话声。爱人在问询什么，敲门人已在客厅。我站起身，正准备去迎，就听爱人对我说："师傅找你，出来一下。"一定是清理垃圾的师傅。我重新坐到电脑前，抬高声音："该收费了，我知道了！"我以为师傅会照常说一句"麻烦了"便离开，今天却没有回应。片刻沉默后，爱人提高嗓门喊："师傅等着呢，你出来说话！"我有些不耐烦，起身走出书房。

矮瘦的身材，沾满灰尘的旧衣裤，冻得发红的黯淡脸色，额头纠结的皱纹，木讷憨厚的笑意。师傅尴尬地站在门内，等着和我说话。爱人招呼他坐到沙发上。师傅看看洁净的客厅，连连摆手。他低声对我说："还得请你帮我收下卫生费。另外，最近煤灰特别多，活儿特别累，麻烦你帮忙说一声，谁家烧煤取暖，到停暖时多加十块钱。”我让他放心。他停顿一下，又说：“要是你家也烧煤，那十块钱就不要了。总麻烦你，也总要你送的东西，实在不好意思。”

爱人取了一次性纸杯，倒了杯热水，递到师傅面前：“外面冷，喝杯热水暖和一下。”师傅接过热水，满脸的感激。

那时我住的旧居民楼，物业没人管，一到冬天，有不少住户烧蜂窝煤取暖，垃圾特别多。楼里的邻居从城郊找到这位师傅，定期来清理垃圾。每月收一次卫生费，由各单元住户轮流负责。这位衣着破旧的瘦弱师傅，还不到五十岁，就已步履蹒跚，白发满头。听邻居说，他妻子病逝，儿子疯傻，女儿才上小学，还要赡养八十岁的老母亲。全家人的生计，只靠他给几栋居民楼清理卫生挣一点微薄的收入维系。我看他可怜，便每月帮他收取所在单元住户的卫生费，也常送他一些旧衣物。他敲门总是很轻，和我说话也尽量压低声音，似乎怕惊扰我。我对他满怀同情，却并不希望家里来这样的客人，总是开个门缝听他说话，从不请他进门。每次，他都是在门外说几句帮忙收费的话，就满脸感激和歉意地离开。

这一次，爱人不仅请他进门，还请他坐沙发，给他倒热水，像客人一样对待他。他离开后，爱人语重心长地说：“刚才，你真是无礼。清理垃圾的师傅尚且知道轻敲房门，轻声说话，轻脚进门，不踩脏你的地板，你一个读过许多书的文化人，竟不肯从书房走出来和他说话。他掏垃圾的活儿虽然又脏又累，可靠自己的体力挣钱，和我做财务工作靠脑力挣钱一样，都是为养家糊口。进了咱家，他也是客人，也需要欢迎。”

乡情无欺

一位离开家乡多年的兄长组织一次笔会，为招待文友，嘱我到“西市场口”买两把豆腐丝捎去。

豆腐丝是我们家乡的特产，小城大大小小的菜市场都有人卖。散装的，一把一把，色泽不鲜，出自家庭作坊；那些洁白莹润、包装精美的是有名的集团公司生产的，它们才有资格被摆在本地和外地的商场出售。我向来不爱吃豆腐丝，偶尔去外地给亲友带，也是到商场挑那物美价高的，觉得这样才能显出心意的真诚。

老兄说的“西市场口”我久已不去，印象中那里古旧萧条，卖豆腐丝的倒有几家。这位能让寻常文字开出奇花异朵的兄长，要在星级酒店的华美餐桌上，加几盘家乡特产招待八方来客。土气十足的豆腐丝，会不会像蹩脚的文字？

站在“西市场口”向里看，窄而斜的老街，陈年的店铺，因为刚下过雨，平仄不匀的路面上满是积水。市场口空无一人。

路南第一家店铺，门口方凳上有个白色泡沫箱，招牌上有“豆腐丝”三个字。我轻唤一声，迎出来一个老妇人，拎一杆秤。她掀开箱盖，新鲜潮润的调料气息立即飘出。层叠着的丝丝缕缕上，是密密麻麻的茴香籽。我盯着箱子里看，老妇人看出我的心思，从箱内轻轻扯下几根，举到我面前：“放心。今天做的，尝尝吧。”我拈一根放嘴里，是清淡的五香，绝没有隔夜的味道。

她按我的要求，挑两把装进袋子称好，递到我手里说：“二十元。”我一边掏钱一边说明买豆腐丝的原因。沉甸甸的袋子又被夺了回去。

她再次把袋子放到秤盘上，“我再给你称一下”。她指着稍稍倾斜的秤杆，“秤低一点，差一两。三块五一斤，你买前连价钱也不问，不会在乎三四毛钱。可要捎给想家的人，就得称明白。我再给你添一绺儿吧。”我拒绝，说添上一绺儿，看着别扭。老妇人却固执地坚持：“不添点儿，我心里别扭。别看我这生意冷清，可出门在外的人都喜欢吃我的豆腐丝，说是原汁原味，有家乡气息。”她从一大把豆腐丝上扯下一大绺儿，足有三四两，塞到袋子里：“我也有亲戚在外面，我知道他们想家的滋味。”

眼里忽然就热热的，理解了昆明长大的爱人，为什么要往返几百里跑到首都前门大街的云南小店，买几瓶油豆腐送给父母和哥哥姐姐；明白了兄长为什么离家多年，不忘古旧的“西市场口”，也明白了他在城市写出的文字里，为什么总有泥土、庄稼、青草和露珠的气息。开店的老妇人，比我更懂得一绺豆腐丝的重量：在星级酒店的华美餐桌上，土气十足的豆腐丝，是世间最美的佳肴。

窗外的村庄

当地平线上漾起一抹红霞，高楼林立的城边，灰黑的屋顶，高擎着手臂的枝杈，小心翼翼栖在枝杈间的孤巢，曲折而上的炊烟，都在这冬晨的背景前现了身，披一层淡淡的红晕，静默在高楼的窗外。村庄从梦中醒来，却听不到几声鸡鸣和狗吠。喜鹊和麻雀的声音也稀了，它们远离了城边的高楼，栖息在何方?

红霞水一样向上漫溢，颜色变成橘红，淡黄，最后变成遍天的阳光。上午的村庄依然静默着，像一座空城。空城向南，给城边的楼宇一排单薄矮小的背。南面是田野，暗青的麦苗伏在土地上，静候着春风的召唤。麦田间偶有一两块空地，三四月间，那里会绽出几片金黄的油菜花，点亮春天和欣喜的眼。古老的公路和正在修建的铁路交叉而过，将临村的田野割成很小的三角。

村庄静默着，她的孩子们，在城里奔波着。那个矮瘦的小伙子，站在货车旁，车上是一箱箱沉重的家具。他一件一件将箱子挪下车，背到背上，腰弯了近九十度，速度极慢地挪动着脚步，将箱子挪入楼门，挪上电梯，升到高层，再将箱子挪进我的新居。如此往返，近一小时，箱子才全部挪完。看他头上冒汗，我执意和他抬一个长而厚的箱子，手沉下去，身子低下去，全身的力气顿时被箱子一角抽干。组装家具时，小伙子娴熟地拆着包装，拼接着板材，用电锤将螺丝打进钉眼，大床、书橱、写字台、椅子，便在刺耳的声音里站立起来。中午时，我要小伙子先吃点饭休息下，他摇头，说下午还有两三份家具要送要组装，耽误了时间，活就干不完了。我出去买回些快餐和矿泉水，他狼吞虎咽一会儿，又埋头专注于一个个箱子前。

学校里烧锅炉的老人，和小伙子同住在城边的村子里。校园内闲置的泥土，全被他种上蔬菜，韭菜、豆角、黄瓜、茄子、西红柿、辣椒、白菜……就连水房前的甬路边，都被他栽上南瓜丝瓜，长长的藤蔓爬满他搭的架子。老人抱怨，好好的村子，给分成两半。一半村民留在村里，另一半村民，宅院变成小区的高楼，失去房屋的他们，住进开发商建的回迁房里。村里的地也越来越少了，他家每人只剩下三分地，不够种啊。

那日黄昏，晚霞染红西天，静默的村庄突然有了声音，有人在和着鼓乐，声调哀婉地唱，定是谁家的老人离去了。这悲戚的戏子的吟唱，竟穿透高楼的双层玻璃，让人感到村子里应有的生气。村子本来就该热热闹闹的啊，逢年过节，婚丧嫁娶，孩子满月，谁家有学生考上大学，放鞭炮啊，吹啊，唱啊，乡亲们奔走着串亲访友，道喜或者吊丧，奔走出热热闹闹的乡情。这份热闹里，少不得彩霞烟霭、树田环绕的背景，也绝不该缺少鸡鸣狗叫，鸟啼与虫声。这样的村庄，才是城里游子魂牵梦绕的故乡啊。

伫立窗前，望着静默在城边的村庄，盼着迎接春节的一声声鞭炮次第响起，还村里人一份应有的热闹与喜庆；也盼着城市的脚步能放慢些放轻些，让村庄永远伫立在城边，让城里的游子可以凝神观望，聊慰一份浓浓的乡情。

取信于一张照片

电脑文件夹里有几张照片，碧绿的荷叶、粉嫩的荷花，映衬着年轻女孩儿纯净的笑脸。女孩儿正值最美的年纪，身姿娉婷，笑靥如花。她目光清澈地望着我，友好信任的眼神让我惭愧。

照片拍摄于几年前的夏天。荷花盛开的季节，一行人去白洋淀赏荷。到了白洋淀，组织者请了当地的导游陪同讲解。导游是个体态婀娜的女孩儿，白净清纯的脸庞和含羞带怯的神态，成了初出校门的标签。同行的朋友指着我嘱咐小导游："姑娘，你多给她讲讲啊，她是个作家，这次游玩儿后，说不定有惊人之作呢。"女孩儿微笑点头，腼腆的眼神里满是敬慕。

女孩儿始终近距离伴在我身边，讲解得认真细致，动情动听。因为怕忽视同行的人，她坚持用高音，两个小时下来，嗓子都有些沙哑了。因为女孩儿的陪同和讲解，我在乐享接天莲叶和映日荷花美景的同时，更深入地了解了白洋淀的革命历史和文化内涵。讲解的空隙，女孩儿还用我的相机给我拍了许多照片，为我这次出游留下许多美好的瞬间。我被女孩儿的清纯美丽和善解人意打动，见她手中没有相机，就想给她拍几张照片。女孩儿站到绿叶粉荷的背景前，嫣然而笑。她迷人的倩影和清纯的笑脸在我相机里定格成永恒。我要了女孩儿的电话号码和 QQ 号码，保存在手机里。与那两串号码关联的名字，是“荷花淀美丽导游”。我信誓旦旦地对女孩儿说：“我回去后马上与你联系，把照片传给你。”女孩儿连声道谢，满脸满眼，全是信任和感激。

白洋淀归来，我将相机里的照片导入电脑文件夹里。看着小导游的可人照片，曾想过要马上联系她传过去，但因为手头的一些事情，便给自己找了拖延的借口。隔几天，在手机上翻查某个朋友的联系电话，看到“荷花淀美丽导游”几个字，也曾动过马上联系她的念头，却又因为某种借口作罢。总以为某个闲暇的日子，我会专门为这几张照片坐下来，给她电话或短信，加她的 QQ，将照片传给她，隔着屏幕遥遥地赞她，成为她值得信赖的朋友。然而，一次次地想起，一次次地拖延，一月过去，半年过去，到如今，几年竟过去了。当我再次打开电脑文件夹，看到小导游的几张照片时，再想联系她，已经没有了任何线索。因为，游白洋淀半年后，手机被偷，“荷花淀美丽导游”的电话号码和 QQ 号码，成了永远不能破解的密码。

每每翻看电子文件夹，我都特意点开小导游的照片，久久地凝视她，在她清纯而信任的眸子面前惭愧自省。我的失信，一定在初出校门的女孩儿心中留下过失望的阴影！我不在意的借口和拖延，是否在女孩儿清澈的眼神中添了一丝对这世界的怀疑？或许，远方的她，早已将照片的事忘记。然而，这几张照片，却常常提醒我，取信于他人，取信于社会，要从取信于一张照片开始。

后来，我到过许多地方，相机上又留下过一些陌生人的照片。每次，我都要了对方的电话号码和QQ号码，回来后马上联系，将照片传过去。从山西长治市长子县一所农村中学考察归来，整理好一个学生的照片，在QQ上添加好友时，因为少打了一个数字，加了另外一个人。当他得知我传照片的事时，为我的认真和守信所感动。我重新添加了那个学生的QQ，将照片一张张传过去，才松了口气。再次点开“荷花淀美丽导游”的照片，凝视她清纯信任的眼，心上的愧疚便又抽去一缕。

总有一棵“白菜”在路边等你

腊月的黄昏，笼罩了一天的霾还没散去。下班回家的路上，我到单位附近的拐角处买菜。路边菜摊后的小贩，穿着军绿色旧短袄，脸和手裸露在寒冷的空气中，黑黄的肌肤被冻得发红，几小块儿瘀紫的冻伤格外显眼。他的菜，一如既往地新鲜着。我和几个女人，都穿戴得厚厚实实，一起在他的摊前挑菜。

我本已买过几样反季菜，付过钱。看到整齐码在透明塑料袋里的大白菜，又挑出一小棵白菜。摊主称过，才两元钱。我付了白菜钱，便拎着装菜的袋子匆匆转身。走出几步，恰有出租车过来，于是打车回家。

回到家，我才发现后买的白菜没带回来。白菜不值钱，菜摊离家又远，懒得回去拿，便作罢。因侄子结婚请假，再连上周末，我几天没去单位。白菜的事早忘到脑后。

及至上班几天后，又去拐角的菜摊买菜，才想起白菜的事。

“前几天，是不是你买了棵白菜，忘了拿走？”未等我开口，摊主便说话了。

“是啊！你怎么记得那么清楚？”

“当时买菜的人多，我也没记清谁买的。只是凭模糊的印象问了几个人。问过的人都说不是他们的。我怕白菜不新鲜了，就放在大袋子里卖了。你从袋子里再挑一棵吧，都是新鲜的。”

听着他的话，心间瞬时盈满融融暖意。

我去袋子里挑白菜。袋子里的白菜比前几天买时都要大些，我挑了棵最小的，仍比我买的那棵大。

一个路过摊前的老太太，见我手里拿着白菜，问：“白菜多少钱一斤？”摊主答：“一块二一斤，还有几天就过年了，批发价都涨了，我们也没办法。”回想十来天前买那棵白菜时，好像是七八角钱一斤。

“要不要再过过秤，多出的分量和差价，我再补些钱？”

“不用，那天忙，没顾得上提醒你把菜带走，挺不好意思的。不过你放心，你忘了拿，就总有一棵白菜在这等你。”

这一天，守菜摊的小贩，依然裸着有瘀紫冻伤的手和脸。这一天，小城又是雾霾天，空气又是中度污染。我拎着白菜走在回家的路上，脚步却格外轻快，心空也格外清明。因为，由小贩，我想起同城朋友转发在QQ群里的那条消息，一位顾客将装有现金和银行卡、身份证的钱包落在家纺店里，店主想方设法发消息寻找失主；我想起了报上看到的那则新闻，郑州个体户任庆河在店铺面临拆除之时，守候数月只为将已售出的数千斤鸡蛋票兑给最后一位顾客……

尽管燃煤取暖、汽车塞路的严冬难免有雾霾天，然而这尘世的路边，因为那些平凡善良的小人物，总有一棵棵正能量的“白菜”在等待，让我们感受到清明和温暖。

俗世里的高贵气质

早春的天，忽暖忽寒。

那是个不见太阳的阴郁风天。清早上班时爱人开车相送，肚子饱，车里暖，没感到外面有多冷。待中午下班，腹中空空从单位出来，只觉得烈风凛凛，寒意透心，不禁打个寒战。家离单位不远，中途又须买菜，开始并未做打车的打算。

我提着一大袋子菜走出温暖的商场，继续在马路边的人行道上瑟瑟前行。风势有增无减。没戴手套，拎菜的手冰凉，袋子愈发显得沉重。我期待救援般望向马路上穿行的车辆，心想，还是打个车吧，花几块钱无所谓。

未等我招手，一辆电动三轮车就朝我驶过来，停到距我最近的马路边。黑红脸膛的驾车师傅微笑着，迅速打开车篷门，热情地招呼我上车。师傅是熟识的人，每天在我们小区门口拉活，我曾几次乘他的车。我见到“救命稻草”般，三步并作两步走到车门边。师傅殷勤地提醒："小心点儿，稍低下儿头，别碰着。"三轮车篷顶普遍低，以前我坐别人的车，上下车时，头被碰疼过。我很快上车坐好，师傅旋即关闭车门。风被隔在车外，车内温暖了许多。师傅边驾车，边和我聊着近几日多变的天气。

闲聊着，车就停到小区门口。我身上的寒气已褪去大半。师傅打开门，再次殷勤地提醒，声调轻松而愉快："慢点下车，注意点儿头顶。"我把刚刚准备好的几块钱递给他，他红着微笑的黑脸膛，连连摆手："快收起来吧！我去送人，空车回来，大风天的，正好顺路捎上你。"尽管我执意要给，师傅仍不肯收钱。我怕拂了他的一片善意，便把钱收起来。

风势依然未减，天仍阴郁着。走在小区的甬路上，回想与这位师傅有关的片段，身心似乎被暖暖的阳光包围。

国庆节前夜，因为要赶零点的航班，我和爱人须乘十点多的火车到机场。我们住的小区离车站远，事先想好九点半坐三轮车去车站。小区门口几位三轮师傅都住附近村里，每天八点前就收工。黄昏到门口预定三轮，师傅们多不肯晚上出车。问到这位黑红脸膛的师傅时，他稍做犹豫，便点头应允。

九点半前我们到门口，师傅已站在三轮车边等，身旁还站着个矮胖的老妇人。我们和师傅说话，胖妇人憨厚地冲我们笑。她该是师傅的老伴吧。"阿姨，这么晚，您也跟着不得休息，真不好意思！"我抱歉地和妇人寒暄。"这是我老伴儿，别叫阿姨，叫大姐吧，她还年轻。"师傅爱怜地笑望着妇人，纠正我对她的称呼。路灯下，打量这相貌敦厚的夫妇俩，怎么说也有六十出头，以我的年纪，叫妇人"阿姨"再合适不过。可在师傅眼里，矮胖的老伴还年轻着。"叫大姐吧，显得热乎。"妇人笑容可掬，附和着师傅，夫唱妇随的幸福模样。

那天晚上，师傅驾车室后并不宽敞的车篷内，挤了我们三个人和两大箱行李。胖乎乎的“大姐”坚持坐主座对面低矮狭窄的木板，我和爱人坐在舒适的主座上。“大姐”一路憨笑着和我们拉家常，三轮师傅以欣赏的声调语气，附和着其貌不扬的老伴。得知村里男人到了师傅的年纪，多赋闲在家、打牌游逛，但师傅却闲不住，白天出车拉客，晚饭后出车拉上老伴到我们小区对面的植物园门口跳交际舞，探戈、慢三、快四、伦巴，矮胖的老伴是他唯一的舞伴。那天舞跳到九点，师傅怕我们出来早，便拉上老伴一起到小区门口等。

春天的寒寒暖暖间，小区里，街道边，田园里，有土壤的角角落落，都吐出新绿，绽出芳华。即使再不起眼的植物，也以明媚和馨香，回馈着平实大地赋予它们的营养。大地上寻常的绿叶香花，多像三轮师傅的气质，凡俗的生活土壤，深扎着他朴实而不失情趣、善良高贵的热情之根。

饭盆儿里的春天

两个少女，携手并肩，展露着青春明媚的笑颜；两个饭盆儿，摞在一起，被一个少女拎在手里。这老照片上似曾相识的画面，引我回到遥远的师范校园。

师范校园里，哪个女孩儿没有个一起吃饭的伴儿？用餐时间一到，成双成对的婀娜少女，从宿舍或教室出来，闲聊着，嬉笑着，携手并肩走向食堂。两个饭盆儿，颜色有别，大小不一，多是亲亲昵昵摞在一起，拎在其中一人的手里。

她和我就是这样一对儿。她大我一岁，短头发，大眼睛，纤柔美丽，与我同居一室，住上下铺。我们去食堂，拎着饭盆儿的常常是她；我贪恋画画，自习和周末常跑到画室，她常独自拎两个饭盆儿，到画室门口等我。

那个春天的周末，我在画室又描摹了一上午。画室门开着，门外开始有相携的女孩儿，拎着饭盆儿向食堂走去。甬路边，几树紫荆花挤挤挨挨地开。我心中有些不安，不知她还会不会来。我和她，早饭时因一点儿鸡毛蒜皮的小事红了脸。我正犹豫着要不要回宿舍找她，两两成双的人从中，闪出她单细娉婷的身影。她手中的两个饭盆儿，亲亲密密，摞在一起。我赶紧迎出去，温暖而尴尬地一笑，不知说什么好。她忽闪着大眼睛，也只是甜甜地笑。那甜甜的笑容，美过了盛开的紫荆花。阳光暖暖的，跳跃在闪亮的饭盆儿上。现在回想，亲亲昵昵的两个饭盆儿，盛着两个少女紫荆花般灿烂友好的春天。

毕业工作后，我与她，百里外相望，却仍能偶尔相聚。她过生日，我带了家乡特产，跑去祝福她。我参加自学考试，考点设在她的城市。每次考试前，她都写信问清具体考试地点，提前熟悉从她家到考点的路线。考试期间，她从不肯让我住宾馆。自行车时代，在考点与她家之间，我一次次坐在她自行车后座上，悠悠地穿过城市的长街窄巷。依然纤瘦的她，载我骑行最远的一次，我的考点在城市的东南角，而她家在城市的西北郊。在她家吃饭，或被她请去饭店，各式各样的盘盘碗碗，取代了青春时代简单的饭盆儿。我熟识了她的父亲母亲，她的爱人和儿子。我享受过她父亲为欢迎我精心烹制的丰盛午餐，也品尝过她爱人亲手准备的爱心早点。

光阴流转，我和她却从没断过联系，电话、短信、QQ、微信，也偶尔你来我往到彼此城里，聚在一起逛街吃饭。有一段时间她没来电话，我突然有什么预感，那个冬日的上午，匆匆向单位请了假去看望她父母。到她父母家，她正面容憔悴地陪侍母亲，她母亲已是癌症晚期，插着氧气，气喘吁吁。我强忍着泪安慰。近午离开时，她坚持留我去饭店。我却如何也不忍心留下。回去的路上，泪水奔涌，仿佛患病的是我母亲。几天后，她母亲便永远离开人世。

又是春天，又见紫荆花开。小而精致的紫色花，挤挤挨挨，绚丽在枝头，恍若青春时的那个春天，画室门外灿烂着的一簇簇。

摞在一起的两个饭盆儿，早已不知去处。盛在饭盆儿里的温暖青春，却像春天里灿烂的紫荆花，在彼此的生命中常开不败。生命的紫荆花树上，平实细小的花儿们，因彼此靠近、相互关切，而能相映生辉、美艳动人。我与她，亲密无间，是靠得最近、开得最幸福的两朵。

第四辑

顿悟：别把春天藏在心底

我们都有春天的品质。别把春天藏在心底，让春天的阳光洋溢到脸上，才会温暖别人的目光；让春天的花朵在行动中绽放，才会芬芳别人的心房。

晴天看霞，雪天赏雪

一扇窗便是一个取景框。四季轮回，日夜交替，窗外风景变幻，每一个瞬间，都是一道动人的风景线。

居住的小城，与北京是同一片天。那一年的正月初八，60 年来最晚的一场初雪姗姗而来，含羞带怯地，随风潜入夜，给大地披上一件洁白的雪衣。清早，空中还在飘飘洒洒。天女散的花，不是鹅毛似的六棱花，而是细小可爱的满天星，珠圆玉润，成千上万地从云端斜飞下来，漫天旋舞着，拉开了春天的序幕。

窗外，远近高低，皆是入画之景。远处的田野，是清丽的写意。树与麦苗，都静默在白茫茫的雪里，凸凹转折之处，透着点点润湿的绿意，只等一场温情的东风、一片煦暖的阳光，唤醒遍野葱茏的生机，点染满目的花红柳绿。近处的村庄，是素朴的版画。袅袅的炊烟从这家那家的房顶升起，有三三两两的农人在屋顶上扫雪，快乐的扫帚有节奏地一挥一挥，青色的屋脊便露出来，白屋顶与青屋顶相辉映，古典端庄，有一种厚重之美。窗下，楼前甬路上，大人领着孩子，堆雪人，打雪仗，举止神情，欣然而喜，清晰细腻，是工笔细描的人物画。

那个飞雪的清晨，我依旧五点多起床，用心地做好早餐，温柔地唤醒女儿，催促她洗漱吃饭；爱人依旧迅速地穿好衣服，高兴地下楼发动汽车，送女儿上学。雪中路滑，雪后泥泞，都是小问题，都不能将这份责任的充实冲淡。天亮之后，站在窗前，雪天的道道风景，更让快乐的心绪雪花一样纷飞开来。

雪晨景美，晴天的早晨，更是风景无限。红霞从地平线上腾起，先是一抹，渐渐涂满东天，粉紫橘黄地变幻。太阳就在这美丽朝霞的簇拥下升起来，给大地人间，罩上白亮亮的羽衣。

每个早晨，我都愿拉了女儿到窗前，晴天看霞，雪天赏雪，享受生命与自然邂逅的美景。可是，那时她读高三，每天都要匆忙地起身、洗漱、上学，心无旁骛，策马扬鞭奔她的前程。高考倒计时，只剩一百多天，成长路上的这些自然美景，她只能匆匆一瞥，与它们擦肩而过。那么，亲爱的孩子，咱就学会欣赏另一种风景吧！求知寻梦的路上，有一马平川任驰骋的开阔，有山重水复柳暗花明的欣喜，有曲径通幽花木深的胜境，也有登临绝顶一览众山的豪情……这些，都是我当时最真切的想法。

通往高考的路上，大学生活的历程，未来的人生旅途，阴也好晴也罢，晴天看霞，雪天赏雪，充实生活，快乐走过。他日回首，享受奋斗的过程，是一片无怨无悔的风景。

一场别离一场暖

寒假结束，女儿又将飞赴几千里外的成都。为送她到北京南苑机场，不误下午四点的航班，上午十点我就走进厨房，十二点前，丰盛的午餐已摆满桌。做爸爸的那个人更是忙碌，检查汽车轮胎，设置行车导航，打电话询问航班是否准时，了解北京地面交通信息，联系几千里外到机场接女儿回大学的女出租司机……实际上，与这些相关的细节，他几天前就开始操心。

从他升级行车导航仪那天，别情离绪就袭上心头。帮女儿清洗衣服鞋袜时，催她整理行装时，都被浓浓的依恋缠绕着。到女儿离家这天上午，一个人在厨房，泪水终于悄然奔涌。

女儿倒是从容淡定，在家享受了最后一个懒觉。待我开始准备午餐，她才起床洗漱，检查行装，一副沾沾暗喜，扬帆远航的模样。

午饭前，女儿的奶奶打电话问几点出发。虽住同一小区，但想到她腿脚有毛病，感冒输液才出院，爷爷行动也不方便，怕他们送，便说午饭后休息一会再走，想赶紧吃完饭悄悄出门离开小区再打电话给他们。

十二点半下楼，两个黯淡苍老的身影已在单元门外。爷爷坐在台阶旁的栏杆上，显然是站累了；奶奶坐在小三轮车座上——她偶尔到楼下活动，不愿拄拐棍，每每要借助三轮车。两个老人，都满头白发，满脸皱纹，殷殷的花眼，都望向单元的玻璃门。奶奶说，放下电话，就和爷爷下楼了，想亲自送孙女上车。他们竟已在单元门外，守望了半个多小时！早春的风，依然寒冷，两张苍老的脸，都泛着红。我的心头，却瞬间吹进融融暖意。假日里，女儿几乎天天去看爷爷奶奶，离家前，检查完行装，还去帮奶奶发短信，向他们辞行。他们却仍艰难地从楼上下来，默默地等待目送！

一路顺风，两点半就到了机场。取了登机牌，办好行李托运，一家人回车内等。近三点半回候机楼，准备送女儿安检。出租司机打来电话，说没查到当天四点从北京飞成都的航班。问工作人员才知，刚才已广播过，飞机因故晚点，何时抵达还没消息。电话里，爸爸再三嘱咐司机随时关注航班信息，千万别误了接女儿。那边连声承诺，让我们放心。

因北京对外地车辆限时限行，五点前我和爱人必须离京，所以送女儿通过安检后，便忐忑离开。

一路上，爱人开车，我与女儿，与接机司机，一次次联系。待飞机起飞前女儿来微信，已是黄昏六点。

回到家，爱人开了电脑，点开百度，不停地搜。“终于搜出来了！飞机快到山西了。”凑过去看，中国航班实时运行模拟图上，一架飞机图形，正朝女儿学校所在方向缓缓飞行。晚饭前，他一直盯着那架“飞机”，看它飞过太原，飞过西安。吃饭间，他一次次离开餐桌，关注那架“飞机”。“到秦岭了。”“到汉中了。”“过广元了。”因牵挂而“泛滥”的父爱，淹没了饭菜的诱惑和滋味，汇进我心底的暖流。饭后，他又坐到电脑屏幕前。“到成都了！”他长出一口气，再次拨通出租司机的电话。

“放心吧，我已到航站楼外，保证把孩子安全送回学校！”飞机晚点的两个小时，司机师傅也一直在关注女儿乘坐的航班，一定耽误了不少生意。我微信过去，嘱咐女儿多付些车费，女儿到学校回复过来：“阿姨不肯多收钱！”一股温热之泉，从几千里外，遥遥而来。

第二天早晨五点，收到女儿的微信：“考研占座成功！”微信上一张照片，一张课桌上，整齐摆放着女儿的两摞书。我也拿起枕边书，靠在床头读。黎明的窗下，是一树树探头探脑的春芽！心中，复苏着一片希望的暖。

细节中的修行

早春的清晨，我到乡村小学听课。校园里已停暖几天，尽管我穿了冬日的棉衣，坐到视频教室的铁凳上，冰凉的寒气还是袭遍了全身。

娇巧的女教师，眼睛明亮，笑容清澈。她温声细语地指挥，孩子们有序地进入视频教室坐好。距上课只剩下两分钟。她笑望了我一眼，迅速出了教室。很快，她又跑回来，怀里抱着个厚厚的棉坐垫儿。棉垫儿紫红，洁净，与她身上湖蓝的羽绒服相映衬，在晨光下格外鲜艳。她微笑着把椅垫儿塞给我，气喘吁吁地走到讲台上。美妙的上课铃声响起来。我坐在柔软的椅垫儿上，望着她明亮的眼睛和清澈的笑容，听着她和孩子们平等和谐的对话交流，感官和心灵，都无比温暖。

课后得知，她是本地非常优秀的语文教师，因为要参加县级和地市级的两个比赛，压力很大，前一晚没休息好。她一定非常疲惫，然而，她的眉目神情和细微之举，传递出的却是纯净、美丽、善良、阳光。

回到家，这细节的暖流依旧在心中流淌。我认真编辑了一条手机短信："亲爱的，谢谢你的椅垫儿带给我的温暖和感动！通过听课和交流，觉得你热情敬业，极富亲和力和创新意识，这都难能可贵，做你的学生定是幸福的！然而，即使我们再优秀，人外有人，天外有天，也不可能在所有的范围内永为翘楚，所以，无论什么层次的比赛，尽力而为，展示出自己的精彩就足够了。参与的过程，也是进步和成长的过程，希望你放下包袱，怀一颗平常心，轻松自信地迎接挑战！希望你带给别人幸福的同时，自己首先是幸福快乐的！"

我反复斟酌后，将短信发送出。

两天前，一位乡村男教师，也给我发过一条长长的短信。"王老师：您好！今天收到您寄来的书，高兴万分，没想到您如此用心待人，也许这就是您的风格吧！通过这次竞聘有幸认识您，您的点点滴滴，不管是知识底蕴，还是人生态度，都使我受益匪浅。在这嘈杂的生活中、物欲横流的浪潮里，能偶遇您这盏路灯，无比温暖。不是每扇窗口都有阳光普照，但我却在这乍暖还寒的初春中，感受到了阳光满窗。在此，衷心地谢谢您！"

发来短信的他，是个帅气文雅的小伙子，曾十几年坚守在乡村代课教师的岗位上。市里要组织转岗竞聘，为一部分代课教师解决编制问题。他被同事领到我办公室那天，是腊月末，我刚休完丧假上班。镜子里的我，泪痕未干，形容憔悴，无精打采。第一次见面，他有些腼腆，一脸的茫然。因为四五十人竞聘，最终只取前二十名。教学能力展示，是极重要的一环。他担心自己聘不上，便托人找我辅导。我给他讲了如何备课，如何说课，如何在教学过程中体现新课程理念，整整半天下来，本来就哭哑了的嗓子，发声都困难了。

春节的鞭炮声中，心底的悲伤还未散去，我帮他修改从邮箱发来的说课稿。从整体设计到字句、标点、格式等细节，都认真推敲一遍，修改之处用红色字体标出，再给他发回，并打电话给他指点。春节假期结束，他又几次到我办公室模拟面试，忙碌的我，每次都尽量耐心耐烦。

他终以优异的成绩脱颖而出，转为编制内的正式教师，从此，可以晋职称，涨工资……他感激不尽，执意请我吃饭。“结婚这么多年，工资只有一千零四十，父母不能苦，孩子不能苦，只能苦自己……”听着他的诉说，想着他的坚守和进步，我感动着，也心疼着。我网购了几本书寄给他，有他儿子读的童话，有他读的教学和培养孩子方面的书，还有我新出版的散文集。

收到书后，他给我发回了上面那条短信。

原来这细枝末节的付出，能改变一个人甚或一个家庭的命运，而我们付出的同时，收到的，不仅仅是感恩，还有人性的美好与人生的幸福。

给爱者爱返，送福者福来。生命中的无数个瞬间，短之又短，然而在瞬间的细节里，我们却可以完成人性中最美的修行。那些小善，那些感恩，那些人性纯真的温暖，被我们感知学习，内化于心，又外化于言行。如此修行，让世间的阳光，与天上的阳光同辉。

给生活押上韵脚

春日里，多的是雨霾风沙。多变的天气虽挡不住生机复苏的脚步，赏芽看花的心境还是会跟着跌宕起伏。那日下班，顶了烟尘往家赶，一路的迎春玉兰，花开正好，却抵不过扬沙带来的烦嚣，好端端的生活，烦躁扰人。

到得楼下，楼上热乎乎一声呼唤。抬头，二楼窗子里是邻居阿姨一张满是皱纹的笑脸。与笑脸相映，玻璃窗内一枝翠叶几簇鲜黄，耀人的眼。寒暄间，目光不离耀眼的花儿。花儿是我所未见，叫不出名字。这老人，实在有些意思，新花儿怒放，不摆客厅，不放阳台，却置于阴面的厨房。又一阵风卷晨沙，来不及问花儿，便逃似的往楼内跑。

隔两日，因事敲开阿姨的房门。笑容绽在老人褶皱的脸上，阳光般的暖。老人的客厅，家具简洁明净，花事葳蕤缤纷，是蓬勃在室内的一隅春天。问起厨房的花儿，老人引我到厨房。窗台上，精致的瓷盆上，那日见的花儿更加明艳。亭亭的茎，绿玉般的叶，顶上是一穗灿烂的四瓣小花，宛如一群憩着的小黄蝶。茎上还旁伸着几穗，米粒状的花苞挤挤挨挨，似成簇的小绿珠。老人微笑着指点那精致的瓷盆，盆内竟是一汪清水，清水中是一截皱缩丑陋的白菜根。偶尔也吃白菜，被我随手弃掉的白菜根，竟被这老人，养成一抹明目怡心的春光。

老人年逾古稀，老伴因病离世。老人关节不好，步履蹒跚，上下楼都很吃力，却坚持独自居住，不愿拖累儿女。每日她都是乐呵呵的样子，从未见她愁眉苦脸。闲暇时，老人就侍弄满屋子的花儿。花儿不分贵贱，都被养育得润泽而明媚，像老人日日盛放的笑容。

读《瓦尔登湖》，梭罗耕耘过一片贫瘠的田地，就扬长而去。他从田野拿走的，绝非几枚野苹果。他在简单原始的耕作之中，欣赏了最珍贵的风景，农人眼里普通的田园，被他押上了美丽的韵脚。“每一个早晨都是一个愉快的邀请”，得生尘世，于每个人都是莫大的幸事，生命的每一天都该是一个幸福的节日。即使岁月已晚，即使寄身的土地贫瘠，即使遭遇烟尘风雨，然而，只要心头养一抹春光，淡定从容，乐观面对每一天，那么，再平淡的生活也会被押上诗意的韵脚。

细节中的大气

2013年4月28日晚，成都娇子音乐厅内坐满了观众，其中有四五岁的儿童，有白发苍苍的老者，还有行动不便的孕妇。八点整，放有巨大三角钢琴的舞台一侧，一袭黑衣的他从敞开的门内走出，身材颀长，俊朗飘逸。掌声如潮涌起。他快步走到舞台边，面向观众，双脚并稳，双手规矩地垂在身子两侧，虽然背已微驼，仍努力做出“立直”的姿态，然后，恭敬低头，深鞠一躬。他转身向琴，几步行走的瞬间，稳健中透着谦和与自信。

他端坐键前，舒展双手，十指开始在琴键上舞蹈。一片悠扬迷人的乐韵琴声，流水一样淌出，花香一般弥散，月光似的洒满了整个音乐厅。

坐在第一排中间的孩子，张着嘴巴，目光追随着键盘上翻飞的十指；侧面座位上的一位老妇人，微眯着眼，半仰着脸，额头的皱纹舒展开来；老妇人前面的准妈妈，伴着空中流转的旋律，右手在高高隆起的肚子上轻轻地抚，柔柔地拍。也许，腹中的胎儿，也感受到这润泽生命的琴声了吧？

旋律转急，他的脸，颤得厉害。这张依旧庄严凝肃的脸，皮肉已经很松弛了。毕竟，他已是七十九岁高龄的老人。然而，他舞台上的一招一式，依然保持着青壮年时代的俊逸风姿。每弹完一部分，他都谦和地起身，走到舞台边，双脚并稳，“立直”身子，双手垂贴在裤边，面目柔和地对着观众，低首深躬，然后走向舞台一侧的门内。稍后，再出来，恭敬致意，再开始弹奏。

有一刻，他刚端坐琴边，舒展开双手，准备弹奏时，一位观众相机的闪光灯亮了。他伸向琴键的手停下了，又垂在了身子两侧，同时，脸作了九十度转向，面对着观众，一秒，两秒，十秒，足足有两三分钟。他说：“这样，方便大家拍照吧。”座上一位大姐说，属于他的时间，不是很多了。所以，热情的粉丝们，想留下他与大家共度的每个瞬间。他用配合大家拍照的小动作，诠释着尊重和理解。

夏初的成都，气温已达三十多度。整整两个小时的全力以赴，运指如飞，汗水或许早已悄然湿透老人的衣裳。音乐厅内灯光黯然，看不清他脸上密布的汗珠。然而，只有一次，一定是汗水模糊了他望向琴键的眼睛，两个乐段的间歇，他才掏出手绢，快速而不失文雅地轻拭面庞。

节目单上的曲子弹完，老人深躬致谢走向后台。掌声滚滚如雷，经久不息。在这掌声中，老人一次又一次从侧门内走出，深躬，致谢，加奏乐曲，直到观众再不忍心让这疲累至极的老人出来。其间，一个小女孩儿上台献花，老人接了花，俯下微驮的背，肩和小女孩儿的肩平齐，像个慈祥的爷爷。

此次演出原定于 4 月 27 日，4 月 20 日雅安地震，成都震感颇为强烈。主办方问他能否照常演出，他的回答肯定而坚定。当得知这一天定为全国哀悼日时，他主动提出延期一天演出，以表示对死难同胞的深切缅怀。

这样的一个个瞬间，不由得让人想起关乎他的更多细节。2007年的香港大会堂内，他举行独奏会。依旧是聚精会神，依旧是扣人心弦的超水平演出，依旧是完美无疵，依旧是谦恭有礼。只是当时，没人注意他稍显迟缓的行动，没有人知道之前几天，他在成都机场摔了一跤，断裂了两根肋骨，没人知道热汗渗透了捆绑在他身上的医疗背心，没人知道他戴着护甲带着伤坚持练琴，忍着剧痛来港演出，为了承诺和信誉。

“先为人，次为艺术家，再为音乐家，终为钢琴家。”这是父亲生前在写给他的家书中反复强调的教子信条。父亲傅雷多年前播下的种子，在他于千千万万细节的努力下，早已开花结果——他，声名享誉海内外的傅聪，早已如父所愿，成为一个德艺俱备，人格卓越的艺术家！

大气之花，往往绽于琐细；小节之光，折射出的是大器的辉煌。

谁在乎纤柔的悲悯

横七竖八的手电筒光束照亮弯月下的树林，哀婉的蝉声从枝叶间漏下。高枝上凄凄唱着的蝉儿，似乎在为刚爬上树干的同伴惋惜。盛夏的晚上，每天都有一些人在树林里捉蝉蛹。蝉蛹含有丰富的蛋白质和多种氨基酸，营养和药用价值很高。在黑暗的泥土中潜伏了几年的小东西，黄昏时迫不及待地钻出地面，凭着生存本能抓住距自己最近的树干，开始一毫一厘地向上攀爬。它们怀着饱满的憧憬，期待竭尽全力地“破茧而出”，期待明天升起的朝阳，期待生命最后一季的歌唱和爱情。然而许多蝉蛹的期待，夭折在雪亮的手电筒光束里。

朋友晚饭后散步，见到许多人在树林里捉蝉蛹，竟也钻进树林，借着别人的手电筒光，专注而迅速地寻找。寻过几棵树干，他终于将第一只蝉蛹捉到手里。可怜的小东西，慌乱地在他手中挣扎，完全不能预知自己的命运。

一棵树，又一棵树……在交相晃动着的手电筒光束之上，弯月在树梢轻移着位置。那一晚，没带手电筒的朋友，居然寻到了五只蝉蛹。朋友的大手将它们带回家，轻放到纱窗上。几只蝉蛹面对夜色爬动一会儿，便静静地伏在窗前。窗下，坐在电脑前的朋友，在键盘上敲打一会儿，就将目光移向纱窗。不知过了多久，他的目光再次移至纱窗上，一只蝉蛹的背部裂开了一道缝儿！朋友站起身，目不转睛地凝视窗上的小东西。那道缝儿越裂越大，鼓出嫩嫩的背脊，浅淡的黄褐衬托着一抹儿淡绿。背脊鼓出来，头部鼓出来，大半个身子已经鼓了出来！裂缝之上，柔软的蝉身努力挣扎，慢慢挣脱纱窗上的蝉蜕，背脊上的淡绿神奇地舒展，变成两只翻卷着的蝉翼！当柔软的蝉身和淡绿的蝉翼完全展开，一只美丽而崭新的蝉便在蝉蜕之上鲜活起来！从蝉蛹到蝉的蜕变，整整经过了两个多小时。继而，蝉身和蝉翼的颜色逐渐变深。蝉身和蝉翼的根部变成黑色时，新生的蝉在窗上扑了几下翅膀，在屋内飞了起来！此刻，朋友的屋内已诞生了五只新生的蝉。他欣喜地注视着这一个个“破茧而出”的新生儿，像注视着自己在键盘上敲打出的得意作品！随着扑翅膀的声音，朋友的室内有了响亮的蝉声！

窗外的黑暗已变成鱼肚白，一夜没睡的朋友，心也随蝉完成了又一次蜕变。新生的蝉身子和翅膀已经有了可以高飞的硬度，朋友的心却依然柔软。他打开房门，将这几个新生儿一只一只放飞。五只蝉，向着树梢，向着自由，振翅而去。纱窗上的几只蝉蜕，被朋友移至葱茏的文竹上，翠绿的枝叶，衬着褐色的蝉蜕，别有一番生趣。

朋友是位年轻的作家，许多次，读他的作品，叹服他文字的美丽。原来，比他的文字更美丽的，是一颗柔软而悲悯的心。

“二十文章惊海内”的中国文化大师李叔同，常去弟子丰子恺家做客，且总喜欢坐在丰子恺家里那把旧藤椅上。他每一次坐前总是先摇动一下那把年老失修的藤椅，好让藤椅里生出的小虫子在他坐下前平安走开。

清晨，退潮的海边，满是没来得及回到海中的鱼。一个男孩捡起一条又一条鱼，用力扔回海水里去。有人问他，这么多鱼，你救也救不完，谁会在乎呢。男孩手上不停，把一条鱼扔到海中，说，这条小鱼在乎。他又扔回去一条，说，这条小鱼在乎。

谁会在乎那些纤柔的悲悯？小鱼在乎，小虫在乎，小蝉在乎……我们身处的这个世界在乎！因为悲悯，草长莺飞，天蓝云白；因为悲悯，生命多姿，生活多彩。

醇美欢喜“栀子”香

简洁的小客店里，一小串栀子花，透着淡绿的纯净的白，绽放在烟灰缸中清浅的水上，散着爽透心肺的甜香。几天几夜，在小客店休息的时光，我迷醉在这动人的香气里。梦中，被一缕缕氤氲的香牵引进一个小院子。一树茂盛的栀子，油绿的叶，莹白的花，将简陋的农家小院装扮得富丽奢华。这缕缕逶迤的香气，原来是一只只花的手臂，绵长柔软，从娇嫩的花瓣上伸出，蜿蜒出墙，邀我来分享这香甜的怒放。栀子树下，坐着个耄耋之年的老奶奶。她的肤色和衣色，都黯淡苍老，浑浊的眼里，却亮着少女般迷醉的神采。

栀子香里的老奶奶，就是客店里那串栀子花的主人。

那日，我们在成都温江万春绿道上骑车畅游。在江安河边逆流而上，一个多小时的慢时光，轻松愉悦地在车轮下飞过。这段绿道的尽头，空气中飘扬着丝丝清甜的香，沁人心脾。梦里那个苍老的奶奶，安闲地坐在小茶摊后面。茶桌边的一把椅子上，铺展的洁净红布，衬托着三小串精致的白色花，每串各有七八朵。质感的花瓣，纤尘不染，净白里浸着清清浅浅的希望的绿，被红布和穿起花托的金色丝线衬着，格外惹眼。我蹲下身子，轻轻拈起一串，醉人的甜香扑鼻而来。

“老奶奶，这是什么花？一串多少钱？”

老奶奶瘪嘴笑着，摇着手说：“栀子花啊，不要钱，要是喜欢，就带回去闻香吧！”

“这是您自家的花吗？”

“是啊,院子里好大一棵栀子树,开了百八十朵,香得不行呢！”老奶奶满脸皱纹间流溢出自豪的神情。

老奶奶将一个净白的花串，小心地装入塑料袋，递到我手里。她似乎不是坐在这里卖茶的，而是要把自家的花香，分享给来往的游客。

在栀子花的香里，我头脑中闪过来路上的两个细节：骑行队伍中，一个卷发白脸的中年男人，一路高唱着美声，嘹亮的歌喉，优美的旋律，有蒋大为的风范。歌声伴着水声，与眼前密树繁花的美景交融，畅快的骑行，更添了几分愉悦之情。他也许是某大学的音乐教授，也许是位出色的歌唱家吧？他以不倦的歌唱，让陌生的同游者分享自己的所长。几个年轻人，在江安河的浅水边钓鱼。停车去看他们身边的鱼桶，只有一条长不盈寸的小鱼。听着他们相互间甜甜蜜蜜的温言细语，才明白“钓翁之意不在鱼，在乎谈笑之间也”。与好友分享一段休闲的慢时光，是多么惬意而难得的享受！

成都归来，恰逢我的散文集出版发行。我所擅长的，是从细微琐碎的生活花瓣上嗅出生命的芬芳。我将收到的样书送给身边的同事和朋友，也偶尔网购几本，寄给远方的陌生人。“我们循着作者的足迹，一路追寻花开，一路花香满径。如此，只记花开不记年，所有的美好深镌于心，流年便充满了温情。”“在每天平凡的生活中，细细阅读这本书，读完后我变了，变得会爱和欢喜。”……读着相识或陌生朋友的评论，我享受到将精神花朵分享于他人的快乐。

送人玫瑰，手有余香。老奶奶让我分享了自家的栀子花，我便有了一路一室、几天几夜、一生记忆的甜香。歌者钓者的分享，我的分享，世间一切善意的分享，都是一串一串的栀子花香，醉了他人，甜了自己，扮靓了时光，让生命增添了醇美和欢喜。

身往不如神往

那年秋，从成都坐旅游大巴去峨嵋的途中，邂逅路标上的“眉山”二字。那时起，便多了一份神往。神往之地，是宋代著名文学家苏洵、苏轼、苏辙的故居，眉山的三苏祠。

心驰神往的，是一处古典的园林，红墙环抱、绿水萦绕的院落，古木扶疏，翠竹掩映，楼台亭榭古朴典雅，匾额对联词意隽永。

心驰神往着，便有朗朗月色，徐徐清风，乘着苏轼的《水调歌头》，款款而来，盈满心空。一遍遍听邓丽君柔声唱着苏轼的这首《明月几时有》，人世的悲欢离合，自然的阴晴圆缺，全化作歌声一般的月光之舟，载着我的一骑神思，溯历史之流而上。至1076年中秋，便听到俊逸豁达的苏轼对远方弟弟深情地祝福：“但愿人长久，千里共婵娟！”

眉山，兄弟二人出生成长的地方，有着他们对父亲苏洵最美好的记忆。痴读万卷诗书，畅游万里长路，壮怀远大抱负，见识深远，眼光犀利，议论精辟，行文练达，散文气势如决口江河般奔腾纵横。享天伦之乐的同时，慈父苏洵是楷模和良师。正是父亲的日陶月染，潜移默化，才造就了苏氏兄弟同榜及第，轰动京师，也才有了唐宋八大家中的父子齐名。

滤去仕宦的奔波坎坷，我心驰神往的三苏祠，只罩着一层清明温情的月光。月光罩着相亲相念、才冠八方的父子三人，与眉山同在，与三苏祠同在。

国庆假日，远游的目标，便是三苏祠。不远几千里，只身乘飞机到成都。十月一日，早早从宾馆出发，打的到新南门车站。车站售票和候车的大厅外，几条缓慢蠕动的“长龙”，挤挤挨挨的人望不到头。“长龙”的缝隙里，被穿梭来往着的人填满。好不容易挤进大厅，却被厅内的阵势吓呆：更多的人拥在一起，叠在一起，哪里还寻得到一点缝隙！要想尽快到厅内的售票处，除非长出翅膀！问了几个人才知，外面那几条“长龙”蠕动而去的地方，就是临时添加的售票处。挤出大厅，挤到一条“长龙”尾部，开始了一步一步的“蠕动”。买完票，九点钟。

我再次挤进大厅，贴到成千上万拥叠在一起的人后面。只几分钟，身后就又拥贴上一层人，又一层人，很快，身体就感受到拥挤的力量，身不由己。慢慢地，一只脚已无落处，身体被架空。浩浩的人群里，响着各种各样的声音，夹杂在各种混浊的味道里。我被拥在人群里稍停一会儿，便随着前面的人前趋几步，如此往复，时间流逝。

一个三四岁的小男孩儿，抽泣着，被母亲举起，隔着两个人，传递给父亲。

一只红色女包，被人高举着，伴随着高声问询：“谁的包？”

一只宠物狗，在人群里，愁眉苦脸地吐着舌头。

悬空的电视屏幕，上演着艳俗的韩剧。没有目光聚焦韩剧，人们的目光里，是等待，是无奈，是忍耐。

中午十二点，我终于坐上去眉山的汽车。高速上，是各种车的长龙。汽车走走停停，近三点，终于抵达眉山。下了汽车，打的到三苏祠。一条歪歪斜斜、尘土飞扬的老街，一边是锈迹斑斑的脚手架。三苏祠正在修缮，祠门紧闭。失望中，在祠门对面，一个小饭店里，要了东坡肘子，却是再平常不过的手艺。

悻悻而归。悔着这次不远几千里的身往。人流如大潮奔涌的假日，哪如宅在家中，泡一杯香茗，赏读三苏，作明月清风般的遐想，神往眉山，与父子三人，心灵际会，今古共鸣。

看霞的心境

秋日黎明，太阳还在睡，我已开始了大巴车上的颠簸。旅途漫长，隆隆的车声，让人陡增几分无聊的情绪。车行原野，感觉到一片色彩的召唤。望向窗外，东面的天空，丹霞尽染，恣肆写意，奇谲变幻，罩着沃土上即将成熟的葱葱茏茏，惹得人惊叹：好一场造化的精彩表演！

目光再不肯移开，先前的无聊，被天边的彩云点燃，化作车后的一片烟尘，瞬息没了影踪。与朝霞的邂逅，让接下来的旅途，耽于窗外的美丽而激动不已。心灵，在这份美丽和激动中，变得平和安宁，欢欣如流。

同行的乘客，有的蔫然而睡，有的埋头拨弄手机，竟懒得与我共享这视而可得的曼妙之景与愉悦之情。很庆幸，自己尚有这份看霞的心境。

那天的目的地，本是让人紧张不安的考场，因为邂逅朝霞的美丽，人近中年的考试，变得波澜不惊，顺风顺水。本来，做了充分的准备，又畏惧什么呢？虽是流年渐改，韶华不再，然而青涩褪去，成熟的深刻与丰硕，难道不是更厚重的资本？天边的朝霞，日日不同，每天都是新生，每天都是消逝，霞的生命，短成日出前后的几个瞬息，她们却永远热情如火，灿烂动人。漫漫人生，可览朝霞几万次，人比云霞，可谓长久，能否如霞，生得绚烂，逝得坦然，让生命旅途永如霞一般绚美动人？

川端康成说："美丽是邂逅所得。" 那些可以邂逅的美丽，充盈于身边的世界，转瞬回眸即得，是一片朝霞，一缕流沙，一株弱草，一朵野花，一夜虫唱，一声鸟鸣……然而，邂逅美丽，需要拥有看霞的心境。

看霞的心境，是风起云涌时的从容淡定，是激流险滩边的宁静安然，是登峰造极后的虚怀若谷，是跌宕起伏间的宠辱不惊，是被苏轼诠释得淋漓尽致的旷达闲适。

苏轼被贬黄州，应有的抑郁常人可想，而他于繁忙政务之余，春游兰溪，细赏兰芽细流的清鲜动人，明察松间沙路的洁净出尘，由溪水西流，悟到人生至老，却可拥有年少的心态，老当益壮，积极进取，不为岁月的流逝伤悲，留下"谁道人生无再少？门前流水尚能西。休将白发唱黄鸡"的警人至理。苏轼一生，仕途坎坷，多次被贬。生性旷达的他，却总能随遇而安，于人生低谷作出一番政绩的同时，闲适自得，拥有让人钦羡的心境，挥毫泼墨，诗文倾情，在中国文化史上演绎千年不朽的美丽，给人启示，引人哲思。

我们，能否每一天，每一刻，都拥有看霞的心境，快乐地赴一场场邂逅之约，不与美丽失之交臂？

捕捉上帝的悄悄话

文友说，清晨梦醒，美好的念头如灵光闪现，到单位再回忆，脑海竟一片茫然，没找个笔头及时记下，真是遗憾。

灵感是上帝的悄悄话，需要用心捕捉，因为上帝很忙，不会说第二次。

街头，偶遇朋友的父亲，骑着电三轮，于车流中慢慢行进。八十多岁的老人，车骑得小心安稳。心疼地停到老人面前，和他招呼："您出门有事，和孩子们说啊，好让他们陪您……"老人却是一脸慈祥而得意的微笑："我还能动，哪能老麻烦他们！"偶遇朋友，说起遇到老人的事，朋友却坦然："生命在于运动，我爸闲不住，身体才这么好，要是整天让他闷在家里和车里，他倒受不了。你没注意到，我就在不远处偷偷尾随呢。"儿子对父亲的理解和关爱，让心释然而晴暖。

单位停电，所有的机器都停止工作。挂在电脑前的同事，三五成群地聚到一起，谈天说地，叙旧话新。一扇扇习惯了冷清的门里，飘出久违的欢声笑语。在整层楼温馨友好的空气里，我和同事对面坐于办公桌前，各自捧一本书，静静地读。“你听，这个句子多有情趣，说院子里的两棵树，是‘发小儿’呢！”抬头对视的一笑，是弥漫着书香味的心领神会。

下班时，外面下起雨。只听楼道里喊：“谁没带伞？我这里多备了一把。”有人应声出门，人与人间的小关切，绽成微笑的玫瑰，在两只手间传递。淡淡的芬芳，便飘散在这楼道里。

雨中，黄叶满地。一个高个子男人，鬓微白，脸上也涂染着一层沧桑。本来并不引人注意，却因了手中的一片叶子，变得可爱起来。细看，是大大的一片杨叶，斑驳着，在他手中静好。那片叶子，随着他，慢慢地在细雨中飘移。或者，这片叶子，就是一只可以搭载记忆的船吧，带着他，回到了童年？他的童年时代，门前的秋天，是否有着高大的杨树，有黄得透明的叶子，有一群小伙伴，在树下捡拾起一片片明黄的欣喜？

小区里，草还绿着，却不似夏日丰满，是清瘦可人的草。草上点缀着万千彩叶。树上的叶子雀一样欢快地在空中飞过，最终安宁地与泥土相亲。冬天，就在这雨中，渐深渐寒。叶的轮回里，日子行走如飞，我们便在这一圈圈的轮回里，萌芽生发，成长开花，结籽老去。与自然不同的是，生命的个体，永远不能轮回，每一天，都是我们最最年轻的一天。而每一天，上帝都在我们的门里、窗前、视野内外，在我们的闲思漫想中，窃窃低语。

上帝将悄悄话附着于无数个美好的瞬间，告诉我们的，是尘世间无数个转念的幸福。用心捕捉上帝的悄悄话，捕捉尘世间时时可得的灵感。这灵感，是亲情，是友善，是充实，是关切，是回忆，是珍惜……捕捉到这些悄悄话，就捕捉到了寻常岁月里的小欢喜。

别把春天藏在心底

书房和阴面的阳台间隔着一道推拉门，因为冬日寒冷，这道门一直关着。春节前，我进入阳台搞卫生，随手推上了这道门。伴着一声金属的脆响，我的心“咯噔”一下：推拉门自动上锁了，锁扣在书房那一面，我被关在阳台上了！此时，家里没有别人在，我只穿一身保暖内衣，被冰冷的玻璃和瓷砖困在这狭小的空间内。阳台上没有地暖，寒意从脚下顺着血液往上升，瞬时就凉彻了心底。

家在五楼，跳窗出去，不可能；打电话给家人，手机又在卧室里；读大学的女儿还未放假，爱人在异地工作，纵是心有灵犀，父女俩也料不到我此刻被关在阳台上。等他们回来，太迟了。庆幸的是，同住一栋楼的公婆有我们房门的钥匙。我住二单元，他们住四单元。隔着玻璃，向窗下望去，院子里不见他们的身影。

我看到了另外两个熟悉的陌生人，一个是常推着轮椅锻炼的老太太，一个是护在老人旁边的中年女人。说熟悉，是因为他们住在三单元，与我是邻居，常在楼下见面；说陌生，是因为搬到这小区一年，低头不见抬头见，却从未与她们搭过话。偶尔近距离地相遇，无意间交汇到一起的眼神瞬时避开，我不肯主动开口，连个灿烂的微笑也不肯抛出，这两个女人也便面容冷淡地沉默着。

老太太推着轮椅慢慢地挪，中年女人在老人身边呵护着。我望了他们一会儿，迟迟不好意思开口。真希望公婆尽快从楼道里走出来！可是，过了一会儿，又过了一会儿，还不见他们的身影。我的手脚已开始僵了，如果再不求助，两个女人进了楼，或许半天也见不到一个人影。真后悔平日里没有主动搭讪和她们熟悉起来，真担心，随着我的叫声，仰向我的依然是既熟悉而又陌生冷淡的脸。我拉开一扇窗，屋外的寒气顿时灌进来，我打了个寒战。

“大姐——”我寒冷的呼唤带着颤音。怕老人耳朵不好，我试探着喊中年女人。一声喊下去，楼下没有回应。我把嗓门稍微抬高些，再喊一声，还是没有动静。人家平时根本没听我说过话，不熟悉我的声音，很正常啊。“大姐！”我的第三声呼唤明显地带着焦急。这一次，大姐停下脚步，仰起头，看到了我，有些诧异地问：“叫我吗？”我赶紧再喊一声“大姐”，说出遇到的麻烦，请她到四单元门外按响公婆的对讲机，让他们拿钥匙来开门。

大姐脸上露出善意的笑容：“穿这么点儿啊，你先关上窗户啊，我马上就去！”平素动作缓慢的她快速向四单元跑去。她在四单元门外停留了好大一会儿，才又快步回来。我赶紧拉开窗，她又微笑着开口了：“我按了半天门铃，里面没反应，是不是老人不在家？”我望向对着四单元的车棚，公婆的三轮车，果然不在。“大姐，谢谢您了。他们的三轮车不在下面，真是出去了。您快去陪阿姨吧，我等他们回来。”大姐关切地说：“我把我妈送回屋，马上出来。”她护着老太太挪到三单元门外，开门时，又扭头望向我：“快关上窗户，别感冒了！”

很快，大姐从楼内出来了，站在楼下，一会儿望望我，一会儿望望通往小区大门的路。我有些不忍，再次打开窗：“大姐，外面冷，您回家做事吧。我在窗子里望着他们就好！”“我不冷，家里也没什么活儿。别总开窗子，你穿得太少了！”

那天，这位我平时不理不睬的冷面大姐，终于等回我的公婆，满脸笑容地和他们说明了我的小麻烦，才冲我挥挥手走回楼里。在三九天冰冷的阳台上，我分明感到了春天的温暖。

从那天起，我才和这位熟悉的大姐真正熟悉起来，见了面，彼此笑容灿烂，目光柔软。她在屋内做饭，我也曾护着老太太按响她家的对讲机，等她春风满面地迎出来。与别的邻居间，也常常笑语相迎，互助互帮。原来，我们并不是冷面相对目光躲闪的陌生邻居，我们都有春天的品质。别把春天藏在心底，让春天的阳光洋溢到脸上，才会温暖别人的目光；让春天的花朵在行动中绽放，才会芬芳别人的心房。

日子的羽毛

几年前的冬天，父亲急性心梗，弟弟连夜把他送到北京埠外医院。我忙碌的日子也更加忙碌：北京，小城，学校；父亲，女儿，学生。奔波劳苦，却也有许多难忘的瞬间，像各色的羽毛，从日子的翅上滑落，被我小心地捡起——

不知父亲的病情，急着要去北京，也放心不下班里的学生。我嘱咐他们："老师要离开几天，要听话，守纪律，好好学习。"学生们问我去做什么，我只说出父亲生病几个字，眼泪就又涌出来。班上立时一片沉默，分明看到前排的几个女生，眼里水汪汪的，一定如我一样。不知哪个孩子，轻轻抽了下鼻子。

这片羽毛的颜色，是晶莹纯洁的白，是疼痛时的丝丝欣慰。

父亲住院，要交六万元押金，弟弟只带了两万元过去。电话打给亲人们，大家想方设法筹钱。舅舅、姨姐、老姨夫，都到了医院。在急诊室，姨父从怀里掏出几个厚厚的报纸包递给弟弟，要他赶紧揣到怀里。几个姨家的弟弟和妹夫，也先后赶到医院送钱。远在千里外的老叔，接到父亲入院的电话，很快汇钱过来。弟弟的卡里，一下子有了十几万元。

这些亲人们，大多老实忠厚，不善言辞。属于他们的这片羽毛，是鲜艳的红，对血浓于水，是最美的诠释。

在北京侍候父亲，收到同学的短信，很长的一串文字。询问、祝福、安慰，最后说想帮我带女儿，她担心女儿没有去处。同学和我一个单位，亲如姐妹。我告诉她爱人在家照顾孩子，她这才放下心来。那天爱人因事晚归，不知上晚自习的女儿是否带了饭钱，放学前发短信给同学，要她去问问。后来女儿告诉我："阿姨买了许多好吃的，几天才吃完。"

那几天，常常收到同事朋友的短信和电话，关心父亲的病情，打听女儿的去处，争着要女儿到家里吃饭或睡觉。关切的羽毛有着阳光的色彩，是一片耀眼的金黄。

父亲手术前，我暂回小城两天。再去北京时，顺便在离车站很近的邮局给朋友寄快递，是有我文章的两本杂志。寄东西的姑娘问明寄书原因，急着翻我的文章，一脸的羡慕和喜欢。我要赶车，她却不肯放下手中的杂志。后来打包票，让我放心走人，说邮车来前肯定把快递封好。还说，以后哪本杂志上有我的文章说一声，她买来读。

匆忙之间，居然多了个粉丝。鼓励的羽毛载着善意，轻轻浅浅的暖紫，拂着我的梦想，轻舞飞扬。

……

几年过去，冬天又至。如今的父亲，健康安好。重温这些记忆的瞬间，凛冽的冬日，飘进大朵大朵的阳光。曾经的日子里那些缤纷的羽毛，闪烁着人性的诸多美好，嵌入我的翅翼，让我带了一颗感恩的心，在生命的天空翱翔。

爱你衰老的模样

我见到侄子，问他爷爷奶奶可好。侄子答："身体挺好，就是总吵嘴。"

我追问："为什么吵？"

"不为别的，就为了吃饭吵……"

我舒了口气，瞬间盈满微笑的眼里，又浮现出归家时的镜头。

我们一回家，父亲就张罗着买肉买菜，母亲也忙个不停。父爱母爱的味道，总是飘溢在丰盛的饭菜里。饭桌前，我们狼吞虎咽，父亲却逃不脱母亲监控的视线。他刚夹起一块肉，母亲就唠叨："做饭的时候已经尝了两块，千万别多吃！"这第一声唠叨，父亲的反应还算平静："多不了。"唠叨几声之后，父亲的碗边还是多出一小堆儿骨头。母亲开始嗔怪："你看你，我稍不注意就吃了这么多，总管不住这张嘴！"父亲终于不耐烦了："平常粗茶淡饭的，不让多吃也就算了，孩子们回来改善改善，我多吃几口还能怎样？""吃多了，还不是你自己难受！”……

一顿饭吃下来，我们习惯了老两口的嘴上交锋，也习惯了两头劝：“妈，就让爸爸多吃几口吧。”“爸爸，你就听妈的，不让吃就少吃。”……

父亲嘴上不肯输，行动上却总让步，总是在我们还津津有味地朵颐时，就自我解嘲着退席：“你们慢慢吃，我再吃你妈就把房顶掀了。”

父亲吃多了，真的会难受。因为心肌梗，父亲两进北京阜外医院，做了心脏支架和搭桥手术。我们姐弟三个两度轮番在医院日夜陪护，父亲每次都是吃尽苦头，才得以康复回家。两次住院归来，父亲身上留了伤疤，蜡黄的脸上添了皱纹和老年斑，背也微微驼了，变成弱不禁风的小老头。六十才出头，他安度晚年的信心就被抑郁的情绪所代替。

父亲两次出院前医生都嘱咐：药要按时吃，运动要适量，水要少喝，饮食宜清淡，餐饭七成饱就好。我们照常工作忙碌，日夜呵护相伴的只有母亲。母亲文化水平不高，却能将医嘱当作尚方宝剑，时刻紧随变成小老头的父亲，催他吃药，盯着他喝水，粗茶淡饭地侍候他，因怕他多吃而每日三餐地和他“吵”……

奇怪的是，一次次归家在饭桌上听他们“吵”，却并不见他们真的生气，用餐结束，便又云淡风轻，你侬我侬。在母亲日日三餐的“吵”中，父亲的腰板渐渐挺直，脸色渐渐红润，心境渐渐明朗。

姥爷生前，我去看望他和姥姥。那时，两位老人都已八十几岁，曾经风流倜傥才华横溢的姥爷已经变得举步维艰，记忆错乱。姥姥见我，格外开心，冷热长短地问个不停。姥姥拄着拐棍颤巍巍移步到姥爷跟前，指着我，望着姥爷，温声细语地问：“她是谁呀？”等待的片刻，姥姥的眼神里满是爱怜和期待。“她是继颖啊，我还能不记得？”姥爷的回答，像瞬间燃起的一根喜悦火柴，照亮了姥姥混浊的眼睛和皱纹密布的脸。或许，刚刚或前一天，姥爷又认错了哪个人，记混了哪件事，而那一刻，他是清醒的，姥姥便一脸幸福和惬意。姥姥姥爷的一生，多的是沧桑，而我们确信，一定曾有许许多多独属于他们的美好往昔。

我们单位对面是一排平房。平房边，高大的柳阴下是洁净的人行道。树下曾有一位学步的老翁，胖胖的身子，被一位瘦弱的老妇人搀扶着，一步，一步，艰难地挪移。他的一条腿，一只胳膊，半面身子，僵硬，沉重，头也总无力地侧向这一面。老翁大概是中风病人，正在康复训练期。他趔趄歪斜的身子，因了老妇人拼尽全力的搀扶，变得沉稳而安全。休息时，老翁穿着白衫黑裤的身子靠在墙边的椅子上，头靠在院墙上挂起的一块洁净棉布上。老妇人坐在他身边，一手扶着他，一手给他擦汗，或者喂水……在穿梭于咫尺之外的行人面前，老妇人旁若无人、大汗淋漓地秀着关切，像呵护一个蹒跚学步的孩子。

爱尔兰诗人叶芝曾写下这样的诗句：“多少人爱你青春欢畅的时辰/爱慕你的美丽，假意或真心/只有一个人爱你朝圣者的灵魂/爱你衰老了的脸上痛苦的皱纹。”朝圣的年轻人，若希望爱情能修成美满的正果，就要懂得，真正的美满，就是当另一半病苦衰老到不能多吃几口饭，记忆支离破碎，连路都走不了的时候，你还可以嗔怪着和他“吵”，为他记得一个再熟悉不过的人而惊喜，为他还能被自己搀扶着移动而无怨地付出……你若能爱他将来衰老的模样，那么，爱情路上的小坡儿小坎儿，还有什么不可以云淡风轻地携手走过？

QQ 签名里的秘密

每天上网，看 QQ 好友的签名是常修的功课。

“可恨的电子书，简直要把我折磨疯了！”一位女友，不过是看电子书不顺畅，便生出愤恨的情绪，极不耐烦地发泄在签名上。

这样的发泄，于她而言是常有的事：和老公、婆婆闹了一点儿小矛盾，孩子的成绩下滑了一点儿，在单位多干了一丁点儿工作，同事借钱晚还了一两天，开车在路上被堵塞了一会儿，她都要在签名中发泄出来。语句虽短，字字都是抱怨、不满、愤慨和失落，家人、工作、同事、社会，好像全世界都是她的债主。即使是落英缤纷、果实暗生之美，也能让她渲染出诗意的凄清和怅然。

最初，看她的签名，还问上几句，劝慰一番。可渐渐地发现，越问越劝，那边牢骚越多，且这种负面情绪会通过屏幕传递。劝着劝着，自己心中的阳光也悄然飞走，本来的好心情被蒙上一层阴霾。

这样的朋友，对人、对事、对生活、对世界，要求极高，内心的满意度和幸福感却很低。真实的情况是，他们的生活，最初并未陷入“水深火热”之中。上面说的那位女友，本来爱人宠，公婆疼，孩子乖，工作闲，有房有车，小资得很。却偏偏是情绪的乞丐，在签名里日复一日地标榜着自己的不满，希望向QQ好友乞讨些快乐和幸福，却常常南辕北辙。日久天长，众好友怕被传染，纷纷绕道而行。

某一天，无意中又瞥见她的签名：“连日战争，以离婚而告终。”

“看清这个世界，然后爱它。”这是另一位朋友的签名，清醒、理智而有积极的禅意。确实，我们跻身的这个世界，有和风、细雨、阳光、花果，也有狂风、骤雨、雾霾、蛇蝎，在青睐生之美好的同时，也要正视坎坷和邪恶的存在。既然注定成为这世界的一分子，那么，就让满腔爱的清流，淌过和谐明媚的时日，也冲洗净化岁月的尘埃。这种态度，入世而又超然。

“从容相爱，如叶生树梢；从容生活，如草生堤堰。”白驹过隙，岁月匆匆，爱与生活，却可从容淡泊，如叶如草，恬然而生，自在枯荣，于四季的变幻中，镌刻一圈圈常新的年轮。这样的淡定从容，让朋友明白“沉下心，你的生命会绽放得鲜丽无比！”是啊，这位朋友，确是一位能够沉心静气耕耘岁月之人，他深知耕耘的意义：“没有等出来的美丽，只有走出来的辉煌。”“为者常成，行者常至，不让一天闲过。”所以，一路走来，他能“做好自己，不问别人；做好当下，不问未来；做好现在，不问过去；做好事情，不问得失”。在“做好”与“不问”之间，朋友一天天收获着家庭中的微幸福，工作上的小得意，人际间的萍水情，尘世里的小欢喜。

“聪明的人，总在寻找好心情；成功的人，总在保持好心情；幸福的人，总在享受好心情。”看这类朋友的签名，于静读默想、热情交流之间受到积极的启迪和暗示，从而找到开启自己新的快乐和幸福的钥匙，何乐而不为？

QQ 上不经意的签名，日新月异，虽字句不多，却像是人的另一张脸。若以灰心沮丧的愁眉苦脸示人，就会远离好心情，甚至挥霍掉自己的幸福，给别人带来不快；若以神采奕奕的扬眉欢颜示人，与大家分享自己的睿智和欢喜，就可让自己的幸福人生升值。

人生课堂中的回应

在寂静的山谷，山民的歌唱，游人的呼喊，都能收到动人的回应。回声悠长，久久不绝。那种意境，不由让处于喧嚣尘世的人心生身临其境的向往。

那天上午，在一节以“仁于心礼于行”为主题的国学课上，学生提到孔子故乡“曲阜”，两个字都读了上声。执教的老师未置可否。坐在旁边的同事悄声问我：“‘qǔ fǔ’ 还是‘qū fù’？”因为之前没查过，我也不敢确定。课后评议时，同事提出了这个问题，并且提到老师不肯走下讲台，走入学生中间，学生注意力不集中，站起来发言东倒西歪的“失礼”现象。

回到家，我立即翻出词典、打开互联网，弄清了“曲阜”的读音和这一地名的来历。我马上在手机上编辑短信：“曲阜，音‘qū fù’，因‘鲁城中有阜，委曲长七八里’而得名，‘阜’在词中义为土山。”我把短信发给提出疑问的同事，并转发给参与听课和交流的三位校长。

短信发出，一小时过去，一天过去，一周过去，我有了些许遗憾。因为，发走的几条短信，没有任何回应。哪怕四人中的任何一两位回复“收到”二字也好啊！却偏偏没有一个回复。同事和三位校长，都是德才兼善，颇有影响力的人。或许，是工作和生活过于忙碌，无暇顾及发丝般的琐细吧？这样想着，心湖中期待回应的细小涟漪还是不能完全展平。

初中毕业后，我考入距故乡几百里的师范学校。读书期间，我给自己敬爱的初中语文老师写过两封长信，表达感激与祝福的同时，告诉他我在学校的学习和生活情况，并希望他能于百忙之中给我以文学方面的指导。长信如泥牛入海，一直未见回音。在无数次跑到学校传达室查询无果后，便不再给他写信，对他的敬爱也减了几分。做老师后，我常常以此事自省，希望在别人给我书信和手机短信的时候，自己能及时给予回应。

多年前教过的一个学生，每年大大小小的节日，都会给我发来祝福的短信。每一次，我都真诚地向她致谢，并发去一个师长的问候与祝福。去年教师节的晚上，她和我在短信交流时激动地说：“我给不少老师发过祝福的短信，您是唯一每次都回复我的人！”

可是，并非所有的事情我能都及时给别人以回应。学生诉说感情上的烦恼，老师提出教学上的困惑，希望我能帮助解决，我当时想不出对策，事后也忘了深究；朋友在 QQ 上传随笔给我，希望我阅读后提些修改意见，当时我正忙着查资料或写东西，收存后没几天就忘在了脑后；远方的编辑寄来样报样刊，收到后喜悦之余竟没想起告知编辑并真诚道谢；要求别人做的事情，人家辛辛苦苦做完，我却不置可否……

就像同事在国学课后交流时所说，课堂上，当老师走下讲台，用微笑、话语和举手投足去回应每个学生的发言和一举一动时，才能走进学生心中，学生的心才能向“仁”，行动才能趋“礼”，给出我们所期待的回应。仁于心礼于行的境界，非口耳相传所能抵达，却会通过回应的举止言行悄然传递。

新芽的萌生是对春风的回应，鲜花的盛开是对暖阳的回应，果实的丰收是对汗水的回应。许多个瞬间，我们对学生、对亲友、对这世界不失时机恰到好处的回应，会让人生的课堂葳蕤芬芳，硕果累累，如山谷回声般意蕴悠长。

淡泊是富有的花朵

那次回家，母亲神秘兮兮地要我看一件宝贝。她小心翼翼从卧室里捧出的，是一个小小的瓷瓶。瓷瓶由十几片碎裂的瓷片粘合在一起。一条条一道道的裂缝影响了粉彩花卉图案的古朴典雅。

“妈，这东西是哪来的？”我有些莫名其妙。

“我早晨散步时，在河堤上一堆废砖乱瓦中捡回来的。这一片片的，我花了好长时间才粘好。”

“你帮我看看，这是不是古董？”期冀从母亲的脸上漾开，她鬓角花白的头发都染上了神采。

我接过瓷瓶，转了一圈，看瓶底。瓶底是一小圈白瓷，上面没有任何印迹。

我断定这不是什么宝贝，却又怕母亲失望，便笑笑，不置可否。

母亲是爱宝贝的。

母亲的卧室里，曾有一对真的宝贝。那是两个大的瓷花瓶，圆口、细颈、凸肚，光滑的瓶面上，粉彩的仕女雍容华美，形象逼真，呼之欲出。瓶底上印着“乾隆年制”的方形戳记。这一对瓷瓶，从我记事起，就在母亲的卧室里了。

最初，在那古旧低矮漏风漏雨的老房子里，每日吃着粗粮啃着咸菜，我们几个小孩子，并不认为这对瓷瓶是什么稀罕的宝贝。有一天，村子里来了个收古董的人。母亲爱怜地抱起一个瓷瓶，像轻轻抱起自己的孩子。她将瓷瓶抱出家门，抱到收古董的人面前，极轻又极稳地放在地上。那人蹲下身子，由外而里地细细察看、触摸，又轻轻地搬起瓷瓶看瓶底的戳记。一番鉴定之后，那人出价一千元要买走两个瓷瓶。那是 20 世纪 70 年代末，我家最困难的时候。那时的一千元，可以盖起几间崭新的瓦房。母亲犹豫再三，收古董的人极有耐心地等待着。最后，母亲抱歉地打发走了收古董的人，又将那瓷瓶轻轻地抱起，像是爱怜自己的孩子。

从那以后，除了搬家，母亲再不肯将瓷瓶抱出她的卧室。从古旧低矮的老房子到雕梁画柱的高大瓦房，再到舒适气派的三层小楼，瓷瓶一直伴在母亲身边，无数次被她用粗糙的手小心翼翼地擦拭。

这对瓷瓶，是姥姥家祖传的宝贝。姥姥家拆旧房子时，这对瓷瓶就转移到了我家，安放在母亲的卧室里。姥姥家的新房子盖好，母亲提出要将瓷瓶抱回去。姥姥说，七个孩子中，六个都读了许多年书，只有母亲早早辍学，十二三岁就成了家里的劳动力，瓷瓶就别搬来搬去的了。没读过几年书，是母亲一生的伤痛。而这对珍贵的瓷瓶，独独落户在我家。姥姥的这番话或许给过母亲很多温暖和慰藉吧。

我们姐弟三个一直以为，这对瓷瓶就像旧时代大户人家陪嫁的宝贝，是姥姥婉转地许给了母亲，作为对母亲幼年辍学回家劳动的补偿。

我们以为，这对瓷瓶会一直在母亲的卧室里，陪伴母亲幸福美好的晚年时光。然而不久前，母亲用毯子把这对宝贝瓷瓶包裹好，让弟弟开车陪她送回了姥姥家。

我们不解，母亲说："我看电视上的鉴宝节目，知道了那两对瓷瓶的价值远不是三十多年前那一千元可比。我们姐弟七个，这瓷瓶不能独属于我。虽然他们六个退了休的挣工资，做生意的赚大钱，我既没工资，也不能赚大钱，但我有勤劳的双手，有健康的身体，有孝顺的儿女，有乐观的心态，有幸福的生活，这比瓷瓶重要得多……"母亲释然地微笑着，她眉目间和心底盛开的淡泊，是这滚滚红尘里富有而动人的花朵。

白发生黑丝

几年前一个星期天，我坐在卧室窗前。窗外雨打黄叶，秋意萧疏。镜中，乌亮柔顺的长发丛中，突现一根刺眼的白发。心空飘下一线寒凉的雨，心湖溅起感伤的涟漪。令人艳羡让我自豪的一头黑发，为何这么快就染上一丝萧索的秋意！

这根白发为谁而生？是为我的女儿，还是为我的父母，抑或为我的学生，也许为了锲而不舍的文字梦？

记忆中浮起几个清晰的镜头，照亮四季的夜晚。

春寒料峭之夜，女儿在灯下学习。给她送一杯温热的水，为她披一件暖和的衣，陪她解一道繁难的题，拉她做一次放松身心的短暂休息。直到她微笑入梦，替她掖好被子，盘算好明天的早餐，才安然回到自己的房间。

冬雪簌簌之夜，温暖的特护病房，瘦弱的父亲一脸的萧瑟。因大面积心梗，父亲第二天要做心脏搭桥手术。他自觉生死未卜，少不得凄惘和忧惧。医院规定只能定时探视，夜里不让陪床。满心的怜惜，更怕手术后再也见不到父亲，恳求病房的值班管理，好说歹说才得到允许，我可以留在病房边的谈话间里。那个不眠的长夜，我枯坐在硬邦邦的椅子上，默默祈祷，静听病房内的动静，苦思如何鼓励父亲微笑着进入手术室。第二天清早出去买饭，才知雪花飘了一夜。

盛夏酷暑之夜，学校附近的一个小院里，我站在对峙的两群家长中间。两个男生，放学时因一点小矛盾动了手脚，其中一个受了皮外伤。两个孩子都是家中娇惯的独子，双方家长都被惊动。受伤的男生父母觉得孩子吃了天大的亏，带上一帮亲朋堵到另一个男生家的小院里。打伤人的男生家长也不示弱，电话叫来一帮亲朋。剑拔弩张的时刻，给我报信的学生带我赶到小院里。众目睽睽下，从了解原因到化解矛盾，我心惊肉跳站了一个多小时，直说得口干舌燥。

秋风送爽之夜，墨香袭人的书房里，我在电脑屏幕前写一篇生活随笔。灵感稍纵即逝，及时捕捉敲打成文，不觉忽略了时间的流逝。不知何时，一家家窗口的灯光次第熄灭，只有我的灯光呼应着天上的月明。

年年四季，有多少个琐碎、担忧、费心、劳神的夜晚？又有多少个忙忙碌碌或者心绪不宁的白天？这根白发，是哪一夜或哪一天褪去了乌亮的本色？

发现白发的那个星期天，女儿来到窗前，温柔的小手抚摩着我的长发。“妈妈，一根白头发！”稚嫩的声音，惊讶中透着关切。转回头，眼前是女儿健康可爱的脸庞，她的个子，似乎又长高一些。女儿的手指从头顶滑向发尖，感伤随着她小手的移动悄然褪去。我由聪明懂事的女儿，想到恢复健康的父亲，想到满天下的芬芳桃李，想到报刊书籍中如花绽放的文字，白发的感伤渐渐幻化成欢喜。这根白发，若为这些欢喜而生，便是一道照亮寒夜的暖阳。

那是我生命中的第一根白发，被女儿小心翼翼地拔掉。从此，抚摩我的长发成了女儿常修的功课。之后几年，我乌亮的长发间，极少见到一根盈寸的白发。被女儿怜惜着，忆念着与父母、学生、文字相关的那些小欢喜，头上的白发，居然贵过了青丝。

联想起垂暮之年的杜甫，穷困潦倒，在湘江岸旁以船为家。素昧平生的渔夫给予他真诚帮助，苏涣又成为他新的知己。杜甫非常高兴，自觉年轻了许多，好像白发里又生出黑丝。他写的诗中，便有了“今晨清镜中，白间生黑丝”的佳句。极喜欢杜甫的这种心境，白发又如何呢？生活中丝丝缕缕的甜意，总会驱走无奈老去的感伤颓唐，让意念中永驻喜乐年华，白发变青丝。

心生万福

秋凉的日子，因爱人工作脱不开身，上午十点，独自开车去接婆婆出院。站了一个多小时，办好出院手续和报销事宜，再到医院餐厅买好老人吃的午饭，拎着大包小包，搀扶着腿脚不便的老太太一步三晃地下楼、上车。住院一周，老太太着急上火，牙疼得厉害，回家之前，又带她去牙科。回到小区，把老太太和大包小包送上楼。老公公还没到家，因为三轮车在医院，他坚持自己骑回来。从医院到我们住的小区有几里路的距离，要拐过几条街。路上车水马龙，拥挤不堪，一百个不放心。便又徒步向小区外走。将老公公迎回来，已是中午一点。

腰酸背疼着，回想过去的一周，忙于工作，还要早中晚三次往医院跑，给老人送可口营养的饭菜，问候，陪侍。眼见得公婆一天天老下去，大儿子和女儿离得远，生活的麻烦、身体的问题，都要我和爱人全力解决。同住一栋楼，我们外出一两天都放心不下，长时间远游的念头早已放弃。再想想我们的独生女儿，学业未成，前途未定，为她也颇费心神。我们的中年，劳碌之间，岁月打马扬鞭，远处也是一个无奈的“老”字。想着想着，负面情绪秋风般袭来，不觉黯然神伤，凄凄然一个下午。

晚上，无意间看到电脑中存的一张照片，杜甫草堂万佛楼上四个醒目的大字：心生万福。对着这四个简单的汉字，静思默想，慢慢释怀。

虽然，公婆都已是耄耋之年的老人，然而除了腿脚不便、行动迟缓，身体并无大碍。婆婆这次去医院治腿，也是想走路能自如些，减轻我们的负担。老公公一大早偷偷骑三轮车带婆婆去医院住下，我们傍晚下班去送吃的时才发现。虽少不了担心后怕，佯装嗔怪，内心深处却感动于他们处处不愿给我们添麻烦。

平日里，二老坚持生活自理，还总希望像老鸟护雏般关照我们。下班回家，餐桌上多出爱吃的果蔬是常有的事。犹记得那个早晨，我们还在睡梦中，老公公就来敲门。原来小区停电，他去外面买回油条豆浆，电梯不能用，步履蹒跚的他艰难爬上五楼来送早餐。那样的瞬间，难免心疼，同时感觉仍然像受宠的孩子，幸福温暖。

朝朝暮暮，老人的音容笑貌近在咫尺；每日三餐，能见证他们饭量的多少；能与爱人践行“父母在，不远游”的古训，温情陪伴给老人安乐的晚年。能时时为公婆奉上一片孝心，问心无愧，人生少了一份遗憾。

女儿虽尚在求学阶段，然而健康快乐，品学兼优，积极向上，明天也因此充满希望。我和爱人虽中年劳碌，可工作还算顺利，婚姻还算和谐，经济还算宽裕，彼此相携，慢慢变老，可以歌一曲《最幸福的事》……

心真是一片肥沃的田园，种苦得苦，种福得福，一颗知足惜福的种子，就让萧瑟寒秋，转瞬间“池塘生春草，园柳变鸣禽”。生活工作中遇到小麻烦，人生路上遭逢坡坡坎坎，不妨念一念“心生万福”，或许就会境随心转，幸福的枝枝蔓蔓就会蘖生蔓延，葳蕤花开。

怀疑之霾

十字路口停车线前，我坐在女同事的汽车后座上，等着红灯变绿灯。“嗒嗒嗒……”有人敲副驾驶座旁的玻璃窗。一个中年男人，个子不高，衣着简朴，右手握着自行车把，左手敲着车窗。

“你认识他吗？”我问开车的同事。

“不认识……”她犹疑着，没有开窗。

“嗒嗒嗒……”男人挺执着，手指不停，脸几乎贴到玻璃上。

他要做什么？发小广告？问路？乞讨？还是……也没见他手里车筐里有广告纸啊！若问路，十字路口就有交警……微信圈里、网络新闻中的警示语一下子都蹦出来，怀疑像车窗外让天地发污的轻度霾一样，笼罩着这个男人。

路口的指示灯还有几秒就变绿了，同事打开了男人敲的那扇窗。是的，怕什么呢，熟悉的小城，路口又这么多车，警察也有好几个。

“车后胎瘪了，快想办法修车吧！”男人略带焦急的脸和声音，竟如此温善。

绿灯亮了。同事的车却不敢再开。四个交警快步走来，车很快被指挥着停到不妨碍其他车辆行人的路边。下车察看，右后胎果然一点气都没有了！我们后怕着，也无助着。

四个交警站在车边，不肯离开。我想起一条与交警有关的负面新闻，心底又一丝怀疑悄然升起。

“车上有备胎和工具吗？”一个交警问同事。

“有，在后备厢里。我不会换……”同事很无奈，举起手机准备给爱人打电话。

“我们会换！打开后备厢吧。”很快，备用轮胎和简易工具被取出来。深秋季节这个轻霾微寒的日子，四个交警蹲下身子，一阵忙碌，瘪了的后胎被备用胎取代，安稳地进了后备厢。我们连声道谢，一个交警看着车后轮位置小一圈的备用胎，说：“赶紧去补胎吧。”

心间暖风吹拂，怀疑的霾如烟散尽，一片秋阳灿烂。

几天后，在陌生的山间公路上，我独自驾车走错了路。看路上车少，决定掉头折返。可即使我小心翼翼，还是高估了自己的技术，因为路窄，车头还没掉过，就到了路的边沿。路边临着的，是六七米深的沟。路的边沿稍低，连护栏都没有。那一刻，我的车，斜斜地尴尬在路上，向前移会冲到沟里，向后倒照样往前溜。惊惧的我赶紧刹车熄火，拉紧手刹。才意识到，这样的路，是不能轻易调头的。我下了车，想向路过的司机求助。

一辆黑色轿车驶过来，没等我拦车就停下了。车上下来两个结实的青年男子。我向他们说明自己的困境，两个男子很快商量好对策，一个坐到驾驶座上准备操作，另一个准备在车旁边指挥。我忽然想起电视法制节目中女子驾车被劫的镜头，心中多了一层新的畏惧。这两个陌生男子，是不是可以信任的人？我看一眼他们的车牌号，快速记下，又给爱人拨了电话，告诉他我所处的大概位置和遇到的麻烦。驾驶座上的男人“帮我解难”后把我的车开跑，另一个男子再驾他们的车离开怎么办？这样地害怕着，我赶紧开了车后门，坐到后座上，随时准备发短信把刚记下的车牌号告诉爱人。那日天朗气清，秋阳明媚。那个瞬间，我渴求帮助却又怀疑忧惧的心底雾霾迷漫。

心底的雾霾很快散去。两个男子帮我解决了难题，嘱我小心后道声“再见”离开。洁净的阳光下，山间红叶明艳如霞，心间感动温暖似火。

生命前行的路上，从来都伴着人性的暖阳。保留防人之心的同时，也不要让偶尔的负面见闻幻化成怀疑之霾，亵渎遮蔽净朗美好的心灵阳光。

第五辑

追溯：守住发芽的梦想

作为一粒豆，别为了赶赴餐桌的浮华，迎合众人的口味，就急着被煎被煮，“千磨百变”化身豆腐。不妨于淡泊宁静处，默默坚守住发芽的梦想，留住生命价值最丰硕的希望。

幸福课堂春节始

张扬着喜庆的大红，象征着丰收的金黄，寄托着希望的鲜绿，作为春节色彩的主旋律，飞扬在故乡家家户户的对联和年画上。主旋律的红黄绿，与其他各种颜色的音符，点缀着一道道门，一扇扇窗，一面面墙，借助文字和画面的丰富内涵，无声吟唱着农家新年的绚丽多彩。有声的吟诵是我们的，那时，我们是一群幸福地度着年假的孩子。

家家户户的对联和年画，多是除夕那天才张贴上去的，内容极少雷同。因为，哪一家都想给大年初一来自家的男女老少一份养眼赏心的新鲜感。这份新鲜感，激发着我们强烈的阅读欲。

初一那天，天还没亮，家家户户就放过鞭炮，吃过饺子，庭前屋内打扫一新。老人们在家中迎客，大人们挨家挨户拜年，孩子们走东邻串西舍，穿大街逛小巷，满怀欣喜地看新鲜。自家的对联年画内容早已烂熟于心，阅读别家的对联年画是一项重要的内容。

“辞旧岁爆竹声声迎盛世，接新春红诗首首贺丰年。”“大地生辉祖国莺歌燕舞，百花争艳神州水笑山欢。”……我们吟诵着一家家大门两侧的春联，神往着一家家屋内诱人的年画。我的童年时代，乡村的阅读资源极其贫瘠，连环年画是孩子们的最爱。色彩明艳且形象传神的画面，简洁却富有张力的文字，看不厌，读不倦，想象不尽。大伯家的《哪吒闹海》，婶子家的《三借芭蕉扇》，三奶奶家的《梁山伯与祝英台》，同学兰英家的《张羽煮海》……记忆的底片上，清晰印着许多幅连环年画。头脑中的画面和故事，人物和道理，因为走家串户的阅读，渐渐丰富多姿起来。

除了阅读春联和年画，我们也看各家的环境。诸如简单的陈设摆放得整齐与否，玻璃和柜子擦得亮不亮，炕上的被子叠得是不是精心，都是我们女孩子关注的内容。三奶奶夸她孙女院子扫得干净，二伯母赞她女儿被子叠得方正，同学兰英炫耀自己擦的玻璃亮得晃人眼睛……听着这些喜滋滋的闲话，心里也默默比较，想自己能不能称得上心灵手巧。在这样的夸赞和暗暗比较中，我们一年比一年更加勤快，操持家务的能力逐年提高。

收压岁钱，是春节那天的重头戏。那时候，家家都不富裕，平日里，孩子们只偶尔得到父母一分、两分、五分，至多不超过一角两角的零花钱。大年初一，平日节俭的大人们却不约而同慷慨起来。盘腿坐在炕上的三奶奶，颤巍巍从褥子底下摸出一个方方正正的旧格子手绢包，慢慢地将包打开，从叠得齐齐整整的票子里挑出崭新的一元钱，神神秘秘地塞进我衣兜里；说话有些结巴的大伯母，站在暖阳照着的院子里，左手拉住我的小手，右手迅速地从兜里掏出五角新票子，温情地放到我手心：“想要……什么……就……去买……”至今，我仍清晰记得那一幕幕收压岁钱的情景。想要的东西，真多呢，红头绳、各色皮筋、糖豆、小红灯笼、心仪已久的小人书，我们都用压岁钱买过。我收别人家的压岁钱，我的父母，也给别家的孩子。春节期间，村里的大人们，都像父母一样疼爱我们。邻里乡亲相互间对孩子的给予关切，让孩子们比平日更加懂得，如何与周围的人相处。一群群孩子，从各家各户出来，凑在一起玩耍，也都亲如兄弟姐妹。

物质和精神生活富足的今天，回想起来，我童年时的每一个春节，都是新年的第一课。大年初一的课堂上，我学会健康地阅读、勤劳地生活、和谐地处世。而这些，都是人生幸福的源泉。随着岁月渐深，我越来越浓的幸福感觉，在童年时的春节课堂上，就已经习得。

春日悠悠

夜雪初霁。早晨的原野，似披着白纱裙的新娘，被朝阳的明眸注视，透散出一抹抹羞红。

春日悠悠，下午四点多，太阳还明亮得很。天空蔚蓝，白云朵朵，风牵着阳光在田野上跑，雪一条条一道道地融化，露出湿润的黄土。近一天的时光，白嫁纱就换作格子衫，黄绿白相间，新娘变成淡妆素服的居家女子，过她的寻常日子。这日子的光阴，一寸一寸都透着希冀。

麦苗从雪里探出头来，枯黄的冬叶间，露出点点箭头似的新绿；远处的树群静默着，杨树趟边的几棵柳，饱胀的枝条在半空渲染一片鹅黄，新的生命正从土层深处向树干潜流。绿箭待发，绿流暗涌，只等春姑娘一声令下，便会秀出遍野的勃勃生机。

路边，隔一段便停着一辆卡车。这片乡野，盛产胡萝卜。农人刨开渗进雪的泥土，鲜艳肥硕的胡萝卜裸露出来，被装进袋子、搬上卡车，即将奔赴城里的菜篮子。农人面露微笑，这是去年的收获，价钱够好。

而这场雪，落在干旱的早春，也拉近了原野和今年收获的距离。

汽车悠悠地在乡路上行驶，车内缓缓飘散着上世纪八十年代的老歌儿。司机师傅的恋旧情怀，把坐在车内望原野的人，拉回童年的春天。

那时候，被大人们亲昵地唤作“野孩子”，喜欢往田野里跑，无忧无虑，却有执着的念想。返青的麦趟间，刚出土的蒜苗的空隙里，挤挤挨挨的野菜丛中，低头慢慢地寻，阳光晒得后背暖暖的，风逗弄着头发。那样的春天，总能在田野里寻到三两棵幼苗儿，桃树的、杏树的、梨树的，都能一眼辨出来。看在眼里挖到手里的惊喜，像顺风中鼓足的帆，在春光的河里畅快地行驶，一路飞一样把野孩子送回家。房前、屋后、压水井边，细细察看确定苗儿安家的地点，小心翼翼种下去，日日浇水时时期盼，新生一片叶新拔一毫节，就可以成为童年的全部心事。去年种下的桃树刚发芽，今年的杏树苗又捧回家，桃三杏四梨五，大人们一遍遍地答复着结果的时间。几个春天过去，终于看到春华秋实。红桃黄杏白梨，闻着果香，长高的野孩子懵懂地领悟到希望和收获的因果关系。

春日悠悠，在雪后的原野上穿行，身心俱静，兴致绵长。把自己想象成一棵树一棵麦苗，清空去年烦恼和忧愁的黄叶，蕴一心希望的芽，便觉得长大的世界，不远处也是枝叶葳蕤，花事纷纷，硕果累累。

秫秸花，拔节梦

“蜀葵”——她的学名有着典雅的韵味，可让人觉得矜持而陌生。更喜欢看着她妖娆明媚的模样，微笑着喊一声“秫秸花”。她像活泼俊美的乡村女孩儿，爽朗的笑声会飘出自家院子，飞散到东邻西舍墙内。“秫秸花”，这透着乡土气的名字，才更适合遍生在村落里的她。

乡村长大的女子，有几个没种过秫秸花？

童年时，村里的家还清贫得很，院落不大，用秫秸围起的篱笆。父母在院里种几畦菜，我在菜畦边种几丛秫秸花。每到夏日，菜畦内葱茏着父母清淡勤俭的日子，菜畦边怒放着我侍弄出的绚丽缤纷：秫秸花茎竿亭亭，叶如绿裙，花似霓裳，姹紫嫣红。母亲说，爱花儿的女孩子，长大才漂亮；女孩子爱读书，长大有出息。父母忙碌的间隙管理他们的菜畦，我读书学习之余培育我的花丛。夏日黄昏，我在院里摆好桌凳儿，静静地读书写作业，偶尔抬头，各色的秫秸花，如无数张灿烂的笑脸，在眼前绽放。那样的瞬间，梦的花儿也会倏然盛开，那花儿与漂亮和出息有关，再埋下头学习浑身便充满力量。

菜畦边的秫秸花，第一年种下去，便年年开花，而且越长越高，越长越壮。几年后，她们已高过篱笆，墙内花开墙外艳了。

进城读书那年，我离开了那个有着篱笆、菜畦和秫秸花的院落。几年后，父母和弟弟也靠辛勤的劳动搬进宽敞明亮的新楼房。夏天回故乡，穿过一个个村庄，看到许多丛秫秸花，在敞开的镶着铜狮子的铁门内，在高大的院墙外，在别致的小楼前，在宽阔的马路对面，在茂盛的菜园边。深红、浅紫、淡粉、纯白，浓浓淡淡的色彩，擎起一片片烟霞梦境般的美丽。

如今，读书内容日渐丰富，了解到秫秸花的习性和药用价值，也知道了有关她的一些典故和传说。据《西墅杂记》记载，明代成化甲午年间,日本使者来到中国,不认识栏前的蜀葵花,问后才明白，于是题诗："花如木槿花相似，叶比芙蓉叶一般。五尺栏杆遮不尽，尚留一半与人看。"蜀葵伸过五尺栏杆，尚有一半在外，足有一丈高。大概是由于这个典故，学名蜀葵的秫秸花，有了另一个好听的别名"一丈红"。在西方文化里，蜀葵的花语是"梦"。

乡村明艳的秫秸花，承载的梦却美丽而欢欣。高出五尺栏杆的一丈红，不正是我童年茁壮成长的梦？种花读书的女孩儿，不正是父母望女成凤的梦？处处开放的秫秸花，不正是乡村富裕美好岁岁拔节的梦？

炎阳下的学堂

记忆中，故乡六月的炎阳下，曾有我儿时的另一个学堂。

待割的麦畦，金黄的麦芒耀人眼目，刺人肌肤。村里放麦假的小学生，哪个也不闲着，都能顶半个壮劳力用。我脱掉裙子，学着大人们穿上长衫长裤，顶着炎阳，冒着三十几度的高温，割麦子，捆麦捆儿，拾麦穗儿，勇敢地面对着硕大骇人的毛毛虫。太阳烤得脸像着了火一般热辣辣的，汗水浸透的衣服贴到身上，麦芒隔着衣服刺得皮肤又痒又疼，毛毛虫钻进裤脚里。小小年纪，我感觉自己成了麦田里的花木兰，勇敢顽强地与炎热、疲惫和恐惧作战。连续几天的战争中，付出与收获的快乐也在那满眼饱满的金黄里溢出来。

有一年麦收时，几个姨妈从城里回来帮忙，我家的麦子早早收完，脱粒后晒在了场上。我们姐弟闲不住，便动了卖冰棍儿的念头。清早，囫囵吃上几口饭，每人向母亲要两毛钱做本钱，各自背起一个柳条筐，筐上用麻绳固定着一个塞有棉絮和棉垫儿的纸箱，七拐八弯抄近路去小镇上的冰棍儿厂。

那时的冰棍儿，品种单一，品质纯粹，大概就是冰水里放糖精冷冻成形。收麦时节，田里与酷暑鏖战的大人小孩儿，若能吃上一根冰棍儿，便是极奢侈的享受。到冰棍儿厂批发冰棍儿的多是像我们姐弟一样放假的孩子，家里收麦的活儿不忙，便琢磨着帮家里挣几角钱。一分钱两根，两毛钱可以批四十根冰棍儿。批到的冰棍儿装在干净的塑料袋里。我们迅速而谨慎地将袋口拧紧，塞进纸箱里的棉絮中，用棉垫儿盖好，再合上纸箱盖儿，背着沉甸甸的筐，又七拐八弯地抄近路回到村子，翻过河堤进入热火朝天的麦野，各自走向不同的田间路。

“冰棍儿……冰棍儿……”伴着一声声悠长的吆喝，感觉坑坑洼洼的土路像被柴火燎热的锅底一样，将凉鞋烘得软软的，烫的感觉从脚底传到心里。六月光亮的大太阳寸步不离地在空中追随。“冰棍儿！”听到这样的呼喊，赶紧停下脚步，将筐从肩上暂放到路边。迎面走来的大人或小孩儿，递过一枚或几枚硬币。大人们会关切地问一些与冰棍儿价钱无关的问题，比如我是谁家的孩子，上几年级了，学习好不好，热不热等。二分钱一根，三分钱两根，五分钱三根，有几年夏天，冰棍儿都是这样的行情。接过钱，小心翼翼地打开纸箱，掀开棉垫儿，拨开棉絮，拧开袋口，取出一根或几根冰棍儿，宝贝似的递出去，然后赶紧拧好袋口，塞好棉絮，盖好棉垫儿和箱盖，生怕热气钻进去让冰棍儿化掉。满头大汗的我曾经想过：大人们并非一定要吃冰棍儿，只是心疼炎阳下卖冰棍儿的学生，便自己或吩咐孩子拿着零钱过来关切。那时，家家的日子都拮据，都备着一分两分五分的硬币，拿出毛票买冰棍儿需要找零的时候并不多。

第一天卖冰棍儿，弟弟就挣了两毛六分钱，可因为天气太热，而且直到剩下的冰棍儿化掉，他也舍不得吃，中了暑，看病花去了五六毛钱。

回首儿时，炎阳之下高温难耐的麦野，是另一个难忘的学堂。在那里，我们学会了劳动，体悟到收获的快乐与不易，懂得了节俭和珍惜……

枣香里的启蒙

“枣林万里壮如霞，红焰染枝满树斜。”时逢中秋，又到了红枣飘香的时节。儿时，我家院墙外也有棵高大的枣树。枣香里的记忆，似乎都与母亲有关。

枣香诱人的秋天，几里外的姨妈带小女儿来我家做客。不谙待客之道的我恶作剧地拧了这个女孩儿的胳膊，她大哭起来。母亲貌似平和地拉我走向院外，说要摘枣给我吃。我信以为真，喜滋滋地随母亲来到枣树下。没吃到枣儿，却在母亲无声息的怒气中第一次品尝了挨打的滋味。疼痛却不敢哭喊，因为母亲不让惊动客人。

在枣树下挨第二顿打，是因为刚失去母亲的姐妹俩。忘记因为什么和她们发生争执，我被抓伤，大我几岁的姐妹俩却恶人先告状跑到我家哭诉。明明事实被歪曲，我却被母亲狠狠打了几下。后来提及此事，母亲说，那两个没妈的孩子，实在让人心疼。

最后一次挨打也在枣树下。远方大伯的儿子初中毕业后来我家度假。这个哥哥不满周岁时，生母就病逝了。母亲像疼爱亲儿子一样呵护他。哥哥开玩笑惹恼我，我以主人身份向他下达逐客令。母亲又一次在枣树下教训了我。

母亲不善辞令，更不会温柔细腻地讲解为人处世的大道理，所以挨打前后母亲的话早已模糊，但枣树下的疼痛至今记忆犹新。疼痛的结果，是我至今不会欺侮别人，不会与人争吵打闹，甚至连傲慢待人也从来不敢。

邻家的婶子大妈常和母亲坐在院外的枣树边，唠些家常，念叨沉年旧事。围着枣树玩耍的我，也听到许多关于母亲的典故。

母亲读小学三年级时，冬天，村里一个女同学辍学了，因为穷得没棉裤穿。母亲跑回家，换下姥姥刚给她改好的旧棉裤就去了那个同学家。母亲的棉裤没能唤回那个同伴。刚刚升入四年级，母亲也因家贫含泪离开学校，开始了与年龄不相称的辛劳，正式成为家里的“壮劳力”。

母亲生下姐姐几个月，大伯的前妻就病逝了，留下不满周岁的哥哥。大伯娶了现在的伯母，夫妻俩都要上班，照看不了孩子。大伯泪眼婆娑地从城里把孩子送回来，托付给母亲。母亲的奶水本来很足，却因为怜惜这个哥哥，让他分吃姐姐的乳汁。不会说话的姐姐便常在半夜因饥饿啼哭。

……

缘了母亲的勤劳，旧房子在我十多岁时就被卖掉，我家搬进宽敞明亮的新房。那棵枣树已被砍掉多年，关于枣树的记忆却枝繁叶茂和母亲联在一起，深深植根于我的生命里。树上的红枣养眼，坛子里的醉枣飘香，粽子里的蜜枣爽口，腊月里的枣粥宜人。更重要的是，氤氲的枣香里，我受到了人生中最朴素而又不同凡响的启蒙教育。

何似在人间

明月朗照的中秋夜，爷爷轻易不肯让摇曳的烛红起舞。他摇着蒲扇，驱赶着放肆的蚊虫。幼小的我躺在炕上，看白月光水一样漫进纱窗，心思攀着月光飞到天上，迷迷糊糊的，怀抱玉兔的嫦娥在月亮里微笑。

爷爷的窗，没有玻璃，油漆斑驳的木窗棂，打着补丁的窗纱，褪色的粗布帘只遮住窗的下部。灯火不明的夜晚，月光照亮矮屋内硬邦邦的土炕、笨重的洋灰柜和古老的八仙桌。窗外，秫秸围起的院子里，有一辆破旧的独轮车。院外窄窄的土街，晴天尘土飘飞，雨天泥泞难行。爷爷的那扇窗，纵有圆月朗照，也难掩它的简陋和寂寞。

奶奶三十多岁病逝，爷爷含辛茹苦拉扯孩子。四十年过去，最小的老叔也成家生女。爷爷和母亲说，有个老太太，一个人过了许多年，想让她做个伴儿。那个老太太，曾在我家门外，踮着小脚痴痴地向院里望。母亲虽孝顺，在这件事上却摇了头。不久，爷爷便永远离开了我们。

十几年后，又到中秋月圆时。月光朗照在父母的窗上。高大宽敞的新房，漆喷的铁窗，明净的玻璃，翠绿的窗纱，雅致的窗帘。窗内，比月光更明亮的电灯光，落在崭新的木床、写字台、衣柜上，也照亮新添的录音机、电风扇、彩电、冰箱。台灯下，母亲可以圆她幼时没有完成的读书梦。我读过的那些书，成了她的课本；字典和词典，是她的老师。当母亲将几个写有回忆录的本子打开在我眼前，望着那工整的字迹，读着那顺畅的语句，了解着小镇由贫穷走向富裕的历史，我惊喜不已。“苔花如米小，也学牡丹开。”只上过四年小学的母亲，竟也让梦想开出饱满的小花。

父母窗外是红砖铺地的院子，砖砌的院墙，红漆的铁门，崭新的三马车，花香树茂。院外拓宽的石子路上，路灯光和月光交辉。整齐排列的新房间，矗立着几座漂亮的小楼。录音机，黑白电视，报刊书籍，都成了万花筒一样的窗口，幻放着外面世界的奇光异彩。良辰美景，千家万户团圆赏月，别是一番幸福滋味。

21世纪的高层住宅小区内，我已有了自己的窗。塑钢的落地窗，隔音隔尘的双层玻璃，精致华美的纱帘和窗帘。窗内，客厅、卧室、书房、厨房、餐厅、卫生间，功能不同，装饰各异。灯带、筒灯、吸顶灯、吊灯、壁灯、落地灯、护眼台灯，光亮如昼。月光皎洁的中秋夜，闭了灯，拉开窗帘，富丽堂皇的家披上银色的纱，朦朦胧胧，宛若仙境。

楼下，草美，花繁，树茂，环境优美；小桥流水，健身器材，车库车位，休闲广场，设施齐全。窗外，植物园毗邻宽阔平坦的世纪大道，园内奇树异卉错落有致，假山飞瀑相映成趣，画舫绿湖相依媲美。国色天香的牡丹园，红花映日的爱莲湖，果实累累的海棠坡，都是赏心悦目的胜景。清晨，漫步林间，听鸟语，醉花香，心旷神怡；夜晚，长椅小憩，蝉吟虫唱，月影轻移，如入画境。风光旖旎的植物园四周，鳞次栉比的高楼雨后春笋般拔地而起，现代化住宅区将城市宜居水平提升到更高的层次。

液晶电视、可视电话、笔记本电脑，都是快捷美丽的窗。中秋夜，即使亲人相隔万里之遥，也可异地视频，语音聊天，将天涯化为咫尺。网上购物送货上门，八旬老翁微博征婚……打开一扇扇现代化的窗口，感受新时代的日新月异，享受新生活的缤纷多彩。

“起舞弄清影，何似在人间”，这是苏轼中秋月下吟出的佳句。明亮的月华流照三代人的窗，小家的窗口，折射出城市变化的天翻地覆。幸福的现代人，谁还想乘风归去，忍耐高处的清寂和孤寒？繁华人间不更胜仙境里的琼楼玉宇？

少时中秋月正圆

记忆里的中秋，浸在水一样清澄的月色里，散着月饼、水果的甜味和成熟庄稼的清香，漾着欢声笑语和蛐蛐儿的吟唱，摇曳成我生命中一段不老的时光。

月光的银辉里，一切都轮廓清晰。院墙边，一堆带皮的玉米棒子，一堆连着秧的花生果，一垛豆荚饱满的黄豆秸。屋门前，台阶下，支起的圆桌上，摆满一盘盘美味佳肴：苹果、鸭梨、月饼、煮玉米、煮花生、炖鸡、炖鱼、凉拌土豆丝或素炒洋葱。盘子的数量，或六或八，没读过几年书的母亲，嘴里常挂着“好事成双”。那时的中秋，于村里的百姓，是春节外的又一个大节。我家虽不富裕，母亲却从不含糊对待。

天上，有一个更大的盘子，明黄的，浑圆的，盛满光明和希望。于母亲看来，这满月的盘子里，还盛着一个广阔的仙宫，住着嫦娥娘娘。每年中秋，圆月升起，我们全家围坐桌边前，母亲都要拜月祈祷，请嫦娥娘娘享用她精心准备的美味佳肴，保佑全家平安、庄稼丰收、我们姐弟健康成长。母亲拜月时，我们姐弟三个就站在窗内，望着月下的美味佳肴，口水不知咽了几次。母亲祈祷完毕，才招呼父亲和我们姐弟从屋里出来。

房檐下的电灯被拉开了，阶上阶下，柔和的电灯光和清明的月光交辉，水果和月饼的甜味，煮熟的玉米和花生的清香，炖鸡炖鱼的鲜美肉香，凉拌或素炒的家常味道，与院里成熟庄稼的香气，交织弥散，丰腴欢喜。

一家人，就坐在这样的气息里，享受着美味佳肴，轻松快乐地聊东扯西。聊来聊去，话题离不开秋天的庄稼、少小的我们、中秋的月亮。玉米棒子、花生果实、豆荚的多少、大小、饱满程度，这些关乎收成的细节，父母津津乐道；姐姐给玉米间过苗，我到花生地里拔过草，弟弟学会了掰棒子，这些劳动见证成长的瞬间，父母如数家珍。“这个收秋的假期，你们姐弟得帮家里忙活，作业也得认真写，功课也要记得复习，开学后还要加倍努力。”我们姐弟的学习，也是父母在桌边念叨最多的。

我读初一时的中秋，独自拉着小车，去村西河堤外割回地里的一小片黄豆。那是我第一次独自去地里收秋。穿过庄稼地里的小路时，见到豆秧上的毛毛虫时，我肯定有胆怯的心理；成熟干涩的豆秧豆荚，肯定扎疼了我的双手；拉着满满一车豆秧，吃力地爬上河堤的斜坡时，汗珠肯定爬上了我的额头。然而，当时可能有的胆怯、疼痛和疲惫，如今早已忘记。只清晰记得，那个中秋夜，父母隆重的夸奖，让我感觉，月辉里的豆子垛，格外可爱亲切。我单身赴豆地割豆子的事，母亲多次自豪地向乡亲们提起，夸我不光学习出色，而且勤劳能干。

一家人，吃着聊着，不时抬头望月，交口赞月。月亮圆圆满满，亦欢欢喜喜。一只蛐蛐儿跳到桌上，竟也悠然自在。弟弟手快，将它捉在手里。“别伤害它，这小蛐蛐儿，叫得多好听。”弟弟松开手，一家人暂时停止闲聊，屏息静听。庭院里、玉米堆和花生堆里、豆子垛里、屋子内，都漾着“嗤嗤”的低吟浅唱。这吟唱，从初秋到中秋，一直都存在，经母亲言语的点拨，竟变得如此和谐动听，成了丰收团圆、喜悦希望的奏鸣曲。

我离家读师范后，在外度过的第一个中秋夜，望着冉冉升起的月亮，思念着远方的故乡，忆起的就是故乡庭院里水一样清澄的月色，月饼、水果的甜味和成熟庄稼的清香，以及父母姐弟的欢声笑语和蛐蛐儿的吟唱。从此，年年中秋，想起这样的情境，想起少时在父母身边团圆欢乐、劳动学习、满怀希望的旧时光。

如今，早已不再窃笑母亲的“迷信”。母亲虽不晓得关于中秋月的妙文佳句、典故传说，却深知团圆丰收、劳动学习对一个家庭的重要。她以虔诚拜月的方式，寄托对亲人的美好祝福、对生活的美好希望。比起当下的中秋美味，昔日的“美味佳肴”已太过寒酸，然而，近三十个中秋过去，仍然觉得，少时的中秋，我家庭院上空的明月，最圆满，最澄澈。

除夕一课

此起彼伏的鞭炮声渲染着除旧迎新的喜庆，放了年假的孩子，承爱于亲人身边，穿新衣、享美食、看节目、玩游戏，享不尽的幸福甜蜜。我少年时的寒假，完全是另一番过法。春节前，我要帮家中打扫房间、清理院子、擦玻璃、拆洗窗帘被褥，做许多力所能及的事情。记忆最深的一幕，定格在那年除夕。

上世纪八十年代初，我家的日子还很拮据。母亲养了一百多只鸡。每天都有一篮白花花的鸡蛋，穿街过巷被提到小镇上，再送到某条街巷深处的买主家里。母亲说，鸡蛋要卖个新鲜，卖个实在。除夕也要趁新鲜把鸡蛋提到镇上。我家卖鸡蛋的规矩，是不带秤的。鸡蛋在家称好提到镇上，有人决定买，就提着篮子送到那人家里，让买主用自家的秤去称。鸡蛋安然进入买主家的瓮才能收钱。

那年除夕，母亲张罗着年事，父亲在单位加班，卖鸡蛋的事交给了还在上小学的我。清早，母亲再三叮嘱后，我提着沉甸甸的篮子出了家门。村里的土巷子，磕磕绊绊，冻得硬邦邦。我格外谨慎，脚下踩稳才敢再移步。我知道，一篮篮鸡蛋，是父母的希望，可以变成我们手中的学费、身上的新衣、口中的美食、家中的物件。巷子里的冷风，醉汉一样横冲直撞。尽管穿着厚厚的棉衣棉裤，风还是顺着脖领、袖口和裤腿往里钻。远处近处，偶尔还会爆出几声炮响。我努力让自己心不惊手不颤，从容呵护篮子里满满的希望。

拐弯抹角，出了村来到镇上。穿过一条土街，就到了小镇的食品交易市场。摊子寥寥，买东西的人也不多。我找个靠墙的地方，小心翼翼把篮子放稳，蹲下身护着篮子。听着不远处的吆喝，我有些羞怯，嘴里像堵了石头。市场的风比村巷里的来势更猛，我瑟缩着，安静地盼买主。

在我腿脚麻木，身子几近冻僵的时候，终于有个老妇人决定买下篮里的鸡蛋。我站起身，活动活动腿脚，又小心翼翼提起篮子，跟在老妇人身后，走街串巷，来到一个隐在街巷深处的院落。老妇人让家人称了鸡蛋，问我重量。我仰脸答："整十斤，少一两，补一斤。"老妇人笑了："这篮蛋，十斤四两。"她又对家人说："大年三十，这孩子走街串巷的不容易，钱不能少给。""是多一点儿，我妈只让说十斤，说不能让别人吃亏。"

老妇人递过十八块七毛钱，我按妈妈的嘱咐只接过十八块，提起空篮子，走街串巷往家奔。肚子咕咕作响，太阳已转过正南，风温和了许多，阳光暖了许多，喜庆的鞭炮声渐密，街巷中有人在贴春联。母亲说，每年的春节都是一个标杆，能量出我家的日子高了多少。那年除夕夜，我穿上漂亮的新衣，提着红灯笼和伙伴们在村巷里游戏，心花像鞭炮一样，欢快张扬。

那个走街串巷的除夕，是我人生难忘的一课。这一课，使我知道了幸福和快乐的来历，也让我悟出诚信和淳厚的价值。

烛影摇红的年

儿时的年，屋外也许有凛冽的北风，也许滴水成冰，关于寒冷的记忆，却淡若无痕。清晰摇曳在星空下的是那温暖的红。三五成群的孩子，每人手里提一盏小红灯笼。红色的烛光在黑暗里晕开，漾出一波一波的笑语欢声。

轻薄如纱的红纸是灯笼的外衣。硬纸做的底片中心插一根纤细的红烛，烛红跳跃着，舞蹈着，如我们欢乐的心。这样的灯笼，集市上买，不过一两毛钱；若是父母做，材料只需三五分。

扫完房子，祭完灶神，乡亲们开始备年货，舍不得给孩子买鞭炮，红灯笼总不能少。一只折叠着的薄薄的红灯笼，一小包纤细的红烛，浓缩了孩子们一年的期盼。夜晚，点燃一根小小的烛，小心翼翼拉开折叠的灯笼，快乐和满足的光影便摇曳着，从轻薄的红纸内溢出来。村里的长街窄巷，一盏盏灯笼摇，映着欢声，漾着笑语。村里的年，一天一天，被这烛影摇红。

那是上世纪七十年代末，日子清贫，春夏秋冬，难见肉的影子。只有过年，可以称上三两斤鲜肉。卖肉的只有国营食品公司一家。村里人攥着攒了一年的钱，为排队买肉犯愁。我父亲在食品公司上班，备年货的日子，乡亲们踏破了我家的门。东家要三斤五花肉，西家要两斤里脊，也有条件好些的，要几斤排骨或一只前腿儿……每日天黑，父亲下班回家，自行车后座总沉甸甸的。乡亲们已在我家说笑了一会儿，大家帮父亲卸下尼龙袋子，抬进屋，打开口，鲜猪肉的红就成了电灯光下最惹眼的颜色。父亲专心地分割着，称量着，一条儿一块儿的肉，从父亲手中递出。孩子们随大人来取肉，于是我家屋里院里，就亮着许多盏红灯笼。那馋人的鲜肉的红，随着摇曳的红色光影，伴着满足与欢喜，从我家小院出发，进入村里的家家户户。我家剩下的肉常是边边角角，顾不上吃晚饭、亏点儿钱的事，也每每发生。可是，父亲母亲因能帮乡亲们这点儿忙，脸上更添了晴暖的欢喜。

家家称回来的鲜肉，要等除夕才肯吃，炒菜、炖菜、包饺子，怎一个香字了得？没有冰箱，就冻挂在屋檐下或冷藏在院内的大缸里，有了这一条儿一块儿的红，年就有了些油水儿。夜晚，我们提着红灯笼任那烛影摇的时候，长辈们忙着准备过年的主食。红豆馅被蒸进黏豆包，平日少见的白面蒸出各种吉祥的形状，和黄米年糕一样点缀上喜人的红枣。

到了除夕，烛影摇出的快乐已漾满整个村子。家家户户都收拾得干干净净，处处可见喜庆的红：饱蕴幸福和希冀的红对联、倒贴的红“福”字、“出门见喜”“抬头见喜”的红纸条……孩子提前换上的新衣，最抢眼的是欢喜的红。“年年有鱼”“喜鹊登梅”“五谷丰登”的新年画，主色也是耀眼的红。

除夕夜，尚不知有电视这种电器，大人们包饺子，我们依然提着红灯笼，在夜空下晃，说啊，笑啊，过家家啊，烛影在困倦的眼里朦胧起来，才恋恋不舍地回家。梦中，依稀有灯笼晃，烛影摇。迷迷糊糊，远远近近的鞭炮声响起，又一个简单红火的新年就开始了……

如今的故乡，寻常的日子，都比我儿时的年富足千万倍。回望儿时烛影摇红的年，贫苦中盈满的欢乐，勤奋中孕育的希望，正是如今红红火火、美好幸福的起点。

“负薪”读书滋味长

《汉书·朱买臣传》记载，朱买臣家境贫苦，靠上山砍柴度日。他安于贫困，痴心读书，坚持不懈，常挑着柴担，一边行走一边诵书。他负薪读书，自得其乐，学问自然越积越厚，50岁时终于在汉武帝面前“说春秋，言楚辞”，博得龙颜大悦，被拜为中大夫，后又官迁会稽太守。“负薪行歌”的典故由此而来，形容人在未发达前，生活贫苦而心情坦然。

回想起我的少年时代，亦是家境清苦，心情坦然，岁月如歌。那份坦然，和朱买臣一样，来自读书。巧的是，我少年时的读书，也曾与柴相关。

小学时，我常在灶前帮母亲填柴。坐在灶边，膝上常放的是一本书。家里为了省电，灯泡的瓦数低，灯光是昏黄的。灶里跳跃着的火光，为灶间添了一点儿明亮。填柴的间隙，常常只是短短的瞬间，我却能在这瞬间，快速地将几行文字捕捉到眼中，输送到心间，安放在记忆里。膝上摊放的，有时是被我保存得崭新的语文课本，有时是省下数日的早点钱买回的一本连环画，有时是辗转几个同学才借到手的一本古典名著。但无论是什么书，都如餐桌上少见的美味一般让我快乐。因而，昏黄的电灯光，跳跃的柴火光，都温暖光明而充满希望。母亲在我身边，和面、贴饼子、切咸菜丝……她忙碌着，目光一次次地移向我，嘱我小心填柴，别因为看书而烫了手。小小的心就感受得到，母亲的目光和提示的话语，也都是温暖而愉快的。母亲虽读书少，却有着望女成凤的心理，我乐于读书，她一向引以为骄傲，亲戚邻里都知道我家有个填柴读书的小丫头。

一次，母亲要炸油饼，为我们改善一顿饭食。母亲和好面开始擀油饼，我依旧在灶前填柴。这一次，锅里不是粥，不是饼子，而是油。灶里的柴，不是小麦和玉米秸，而是硬硬的玉米芯。玉米芯耐烧，填几个进去，就可以燃烧一会儿。填柴间隙，读书的瞬间也就稍长了些。油越来越热，很快沸腾起来。母亲一阵忙碌，金黄的油饼一只只从油锅里捞出，已挤占了半个铝盆。母亲突然想起什么，迅速跑出房门。那一刻，锅里炸好的油饼都已捞出，待炸的还未放进去，年纪尚小的我还不懂得需要釜底抽薪，又往灶里填入几个玉米芯，便又捧起膝上的书，一行行捕捉那诱人的铅字。突然，油锅里腾起一片火苗，直向房顶冲去。我顿时慌了手脚，将膝上的书护到怀里，一边奔向屋里的水桶，一边大声呼喊母亲。母亲是箭一样冲回灶间来的，她一把抓起灶间里的大笸箩，以闪电般的速度向油锅上的火苗扣去。笸箩不偏不倚扣住了整个油锅的敞口，即将触到房顶的火苗瞬间没了根，很快化成烟消散。母亲用棍将燃得正旺的玉米芯拨离锅底，拨到灶膛边，才将笸箩从油锅上移开，很快将待炸的油饼放进去。我战战兢兢等着母亲埋怨，她却什么话都没说，像什么事都没发生一样，继续翻油饼、擀油饼。我又坐到灶边，小心翼翼地填着柴，书依然放在膝上，因为不敢再看，书上的铅字变得更加金贵起来。刚才捕捉到的那些字行，便像红红的火苗一样，在心里不停地跳跃。

后来，母亲向人夸赞我爱读书的时候，这件险事倒似乎成了她言谈话语间一个美丽的插曲，每每说起，她的语调都是骄傲的。

那时，家里的柴是庄稼秆、玉米皮、玉米芯、豆根、落叶等。深秋，我常帮家里去搂落叶、拔豆根。这样的瞬间，我也读书，不是用眼，而是用心。书本就在心里，课本上哪一页哪一行中的哪个词，连环画上的某个画面及下面的句子，名著中的人物或者情节，我都会用心细细地琢磨品味。归家时，天蓝云白，小路弯弯，希望悠长，书香满心的我，背着满筐的落叶或豆根，稚嫩的脸上溢满微笑。

因为那些读书的时光，少年时代的苦旱已模糊，清晰飘绕在记忆里的是甜蜜而绵长的滋味。书中的那些字行，柴一样燃起跳跃着希望的火苗，燃着精神上的希望，伴我成长，伴我走出贫穷，走向富裕，也走向越来越敞亮富足的精神殿堂。

夹缝里的大学时光

初中毕业，我听从父母安排报考了中等师范学校，坐在大学校园读书的梦从此搁浅。工作后，我开始参加汉语言文学专业的自学考试，大学梦以另一种形式重新扬帆。

初为人师，一腔热情倾注在教育教学上，继而为人妻为人母，生活的琐碎缀满工作之余的时光。自学成了忙碌日子里的小花小朵，在时光夹缝里柔韧地绽放。

骑单车上下班途中，眼睛望着前路，双手攥紧车把，脑子里多出一只记忆的手翻动正在自学的某本书。最惬意的是自学《古代文学作品选》的时候，即使在冬日街头最萧瑟的时候，背诵品味着诗文大家的名篇佳句，思接千载，浮想联翩，心中也有曼妙的美景，有丰盈的情怀。自学课堂随街上的车水马龙变幻着位置，这样的日子，忙碌，平凡，却因不倦的学习而变得充实生动。不记得当时路上邂逅过哪位亲友，刻在记忆中的，是与吴均共赏“风烟俱净，天山共色”，随王禹偁轻吟“何事吟余忽惆怅，村桥原树似吾乡”，感受范仲淹“先天下之忧而忧，后天下之乐而乐”的宽阔胸襟，聆听刘备“勿以恶小而为之，勿以善小而不为”的谆谆教诲……那些带着千年前自然和精神色香的文字，芬芳着我的日子，陶染着我的心灵。

每年六月和十二月报名，十月末和四月末考试。每一次报名后，经过几个月忙里偷闲的厉兵秣马，便踏上由所居小城到保定的火车。一小时左右的车程，或坐或站，于人丛中，捧一本书，全神投入，清除最后的疑难。

考点设在某个中学或小学校园。记不清那些校园的具体模样，四月底开了些什么花儿，十月末有没有各色的菊。恍惚间，是春风绿叶和秋风黄叶的交替；清晰的，是捧一本书伫立或缓缓移步的女子，那就是等在考场外作最后温习的我了。考前几月，精神的充实淹没了身体的疲倦，只有在考场上顺利作答完，倦意才如退潮后岸边裸露的礁石般突出水面。那个深秋，一天中有两科考试。上午考《写作》，我创作了一篇小小说，写一个青年女教师车祸入院后受到同事领导和社会关心的故事。我被自己创设的环境所感染，心情随自己构思的情节起伏着，心灵被自己描写的人物感动着，写到结尾，竟泪如雨下，在考场中抽泣起来。下午考另一科，答完卷，距考试结束时间还早，外面又冷风瑟瑟，我想在工工整整答满的试卷边趴一会儿，却很快进入梦乡。不知过了多久，有人轻拍我的肩，睁开朦胧的眼，慈祥的监考老师站在我面前：“丫头，考试结束了，交卷了哦。”

还有一次，因为匆忙，要进考点时才发现未带身份证。我拿着准考证和考试通知单求情，考点巡视员老师同意我参加考试，但条件是得有人在考试结束前将身份证送来。那时我和爱人都没有手机，到考点办公室打了几个电话才辗转联系到他。他奔回家拿了我的身份证，又奔到车站坐了汽车赶到考点。当他出现在我面前时，考试已经结束，考点巡视员已收完试卷离开。问明去向，我们赶紧打的去追。在自学考试委员会的小楼里，我凭身份证将自己“验明正身”，考试成绩才没有作废。

一科一科，58 分，64 分，72 分，81 分，87 分……我的大学，没有老师，没有固定的校园，没有大把的时光；我的课堂，在熟悉的上下班途中，在陌生校园的考场外，在女儿熟睡时的摇床边，在学生习作时的讲桌前……就是在这行走变化着的课堂上，我将自学的书本，无数次捧放在眼底，无数次打开在心上。在时光夹缝里自学读书的习惯一直延续至今。我除了获得薄薄的一叠考试合格证，一纸大学毕业证书外，文化积淀日渐丰富，举止风度日渐优雅，工作日渐游刃有余，平凡的生命也愈发生动而精彩。

味蕾上的金色记忆

窄窄斜斜的街边，一个偎在母亲怀里的女孩儿，紧搂着那些惹眼的金黄。那些金黄，冒着清香的热气，任村里的人们如何“哄骗”，女孩儿也不肯松开胸前的两只小手。

这个镜头，并非我记忆的底片上本来就有，而是一次次听到母亲的述说，反反复复浮现在脑海里的。母亲怀里的那个女孩儿，是步履尚蹒跚的我。那些宝贝一样的金黄，不过是几个刚刚出锅的玉米面饼子。

我最早记住的镜头，在锅灶边。母亲把舀到盆里的玉米面拌匀，一点点倒进热水和好。和好的面，是清浅发白的黄。我站在母亲身边，凝视面盆里这新鲜的淡黄，小小的心里充满期待。姐姐坐在小凳上向灶里填柴，柴是干燥的玉米秸。听到水在大铁锅里滚沸的声音，母亲便掀开锅盖，将盆里的面一小团一小团地揪下来，灵巧的双手揉一揉，拍一拍，一个个长椭圆的饼子形状便出来了。母亲左右手交替着用，只片刻，翻腾的水花之上，饼子就贴着锅围了一大圈。母亲让姐姐起身，自己坐在灶前继续填柴。再过一会儿，屋里屋外，烟气里弥散的便都是玉米面的清香气息。

看母亲揭锅，是童年里最惬意的享受。熟了的饼子，鲜嫩嫩、胖乎乎，是养眼诱人的金黄。这一刻，母亲总会重复同一个动作——将两个漂亮金黄的饼子在嘴边吹一会儿，微笑着递给身边的我和姐姐。我边吹着气，边小心地咬一口。咬一口，慢慢地嚼，轻轻地咽。简单、纯净、酥软、微甜，冒着热气的玉米饼子的味道，正是童年时家的味道。

童年的饭桌上，极少见到白面，玉米饼子是最常吃的主食。菜也简单得很，母亲从腌缸里捞一个芥菜疙瘩，切成细细的丝，用热水烫过，撒上切得细细的葱丝，滴上一滴香油，拌成一道可口的菜。咬着饼子，就着葱丝咸菜，喝着玉米糁儿粥，我们吃得津津有味儿。有一次，餐桌上多了一个小碟，碟里两块深红的酱豆腐格外醒目。我们舍不得大块儿地夹，一次只夹起玉米粒大小的一点儿，抹到热乎乎的饼子上。红点缀着黄，让小小的味蕾得到莫大的满足。我们以为，这样的饭菜清香，便是人间最好的美味。即使饭菜如此简单，那日复一日的金黄，我也从没吃厌过。因为正逢拮据的年代，正是长身体的时候，饥饿常常来袭，而且缘了母亲的巧手和细心，简单重复的饭菜，总能做得温热可口。那惹眼的金黄，是每日上学读书之余，最渴望见到的颜色。

上世纪七八十年代的这些金色，是我忆念中最暖的颜色。二十一世纪的今天，慈爱的母亲和婆婆，都曾努力让我重温玉米面饼子那金黄的清香；在华美的餐厅里，我也曾点上那价可比金的玉米黄。慢慢咀嚼，却再也品不出美食的味道。咀嚼出的，是贫苦时代家的温暖和爱的清馨。记忆中单调的玉米黄，让我在各色各样的美味前，感到幸福，懂得珍惜。

劳动之美

幼时，跟母亲到一个深坑里挖胶泥。筐里冒了尖，母亲才蹲下身，缓缓背起泥土筐，一步步挪回狭窄的院子。母亲将这泥土拌上清水和了，把湿粘的胶泥抹进一副模具，抹弄一会儿，再把模具打开，黑褐色的泥已被塑成外表光滑的公鸡。泥公鸡干透，母亲调好颜料，为公鸡着彩，一种颜色干了，再着另一种颜色。再过几日，阳光下站立的已是形神毕肖，色泽鲜丽的花公鸡。丑陋的胶泥变成精美的手工艺品，换来全家人的生计之需，家里也慢慢储下些积蓄。这是我最早感受到的劳动之美。

上了小学，我家已搬进新房。院子很宽敞，被我和姐姐经营成菜园兼花园、果园。亲手栽下些菜蔬花木，满怀希冀的心，丰盈而润泽。清早或黄昏，站在压水井前，手臂不停重复按下、抬起的动作，清冽的水淌进园子，那些绿的生命，在水的滋养下欢快地长。满枝葳蕤、满目花果的日子，幸福如天边的霞一样，铺展得柔和绚丽，童年的心是太阳，升时欣喜，落时甜蜜。

校园终结了刻苦求学的岁月，又成为我教书育人的起点。从小学一年级教起，一个阿拉伯数字或一个拼音字母，都要用整节的课来教。小人儿们上讲台板演，有的要我抱起才够得到黑板。日日早出晚归，教师的劳动，是滴水聚海，要经历别样的光阴荏苒。教了六年的第一届学生，小学毕业后，也常来与我相聚，一直到上大学去了别的城市。如今，他们已步入各行各业的岗位，奉献社会的同时，也奔着各自的小幸福。分享过他们的快乐，倾听过他们的痛苦，见证过他们的幸福。节日和生日，短信里多了来自四面八方的祝福和关切。后来，我站在中学的三尺讲台上，依旧握着洁白的粉笔，在黑板的田园上耕耘。含笑望着我的孩子们，我重复着当年的话语：“最高兴的事，莫过于看你们健康快乐地成长，长成一棵有益于世界、自己也幸福的树。”

忙里偷闲，坚持写作，文字渐渐见诸报刊。一天，博客里有位朋友传纸条过来，说在杂志上读到我的文，感动之余百度我的名字，一路摸到我的博客。他从此也建了博客，只为读我的文。几乎每篇文后，都有他真诚的评论。他是我的同行，被工作生活所累，曾是个不快乐的老师。他说我的文字，化开了他的心结，给了他幸福和快乐的钥匙。一路散着精神的花朵，被各色各样的读者阅读着，肯定着，也享受着用美丽文字美好心灵染香他人的快乐。

高尔基说：“劳动是世界上一切欢乐和一切美好事情的源泉。”劳动，赋予生活绚丽的姿彩，赋予生命永恒的价值。

画里青春

同学聚会，与他坦然对坐，软语轻言，互诉前尘后事。

那一幕幕画里青春，语笑嫣然间，在心头清晰地闪烁。

紫荆花开满春日的校园，午后，和他坐在苍翠的老松下素描春日的缤纷。

仲夏黄昏，我站在画室窗前，他突然出现在窗口，举一束盛开的六月菊，五颜六色。接过那些花儿，插在注满清水的陶罐里。我们用水粉涂抹着灰色背景前的花束。他偶尔停笔，歪头，矜持地笑评我喜欢用冷色。我转头莞尔，说，大热天，全靠这冷色降温。窗外夕阳偷变弯月，分针悄悄重复画圆。已近午夜，他动听的男低音驱散上下届的哥们儿，护花使者般送我到女生楼下。

秋日，随他背了画夹走出古城门，到落叶流水的护城河边写意田野丰收的图景。归路上被一对同班男女撞见。那男生大度地上前，说什么共患难的两对儿，彼此保密。他会意地挥手，请他们先走。

与他腼腆地对视，所有话语都藏在清澈的眼神里。

写生头像时，他强拉我做模特儿。我怪他画丑了我，他无辜地说是尊重外表的真实。也有让他惊艳的一刻，我穿了白衣红裙走进画室，他望我一会儿，突然赞道：“你，穿了新衣真美！”那衣服已穿两年，是他视而不见。

与他合办毕业画展。那个盛夏，我们的画和人成了整个校园的焦点。学的并非美术专业，是从小的爱好让我们把课余时光涂抹在各自的画上。近千个日子出双入对，面对别人羡慕或猜疑的目光，他坦然安慰：“走自己的路，让别人去说吧！”说这话时，他一副壮士一去不复返的模样。

毕业时，他目送我上车，回首的一瞬，我说，只忙着画画。他笑，忘了谈一场恋爱。

毕业几年后，他进入某高校专修美术，我的画也几次在家乡获奖。

……

我们的青春，定格在旧日的画里，那画，在发黄的纸上，在洁净的心间。

那些本该属于初恋的时光，因无关风月，也便远离了痛苦和伤害，却绝不缺少甜蜜和温馨。没有暧昧的画里青春，曾伴我们在梦想的田野茁壮成长，永远永远，意韵悠长。

彼岸的桃花

黄昏时，天善解人意地下起了雨。雨声敲打着窗前的树叶，滴滴答答，时缓时急，诉说着我的心绪。摆脱所有世俗的纷扰，在这静静的夜里，走进细节编织的雨帘，忆念一位远山脚下的朋友。

二十多年前，还在校园读书，缘于对文字的热爱，纯真洁净的我们执着地追求。毕业那年初夏，我和朋友都在报刊上发表了自己的处女作，青春的热血奔涌，自信而又快乐。周末晨光中，在刚刚竣工还未通车的高速公路上，他骑单车载着我这个姐姐，顺风疾驰，一路笑声一路诗。抽穗的麦野快乐如风，一如我们滋长的希冀。那个早晨，从朋友对故园的介绍中，验证了烂熟于胸的诗句——人间四月芳菲尽，山寺桃花始盛开。对山的憧憬中，有了大片大片的桃花。

毕业后，朋友回到故乡，在一所山村小学教书。校门外有远山、树林、清清的溪水，那年秋天，他吟诵着“山光悦鸟性，潭影空人心”的佳句，享受着在山林里捡柿子、采蘑菇的乐趣，听着尼古拉的吉他曲，欣赏着杂志上的画，思索着在诗里融入灿烂的音响、斑驳的画面，与文学上的老师朋友和喜欢他的读者书信往来，切磋交流。朋友说，生活寂寞，却并不孤独。黄昏，穿过柏油路上雨后的水洼，看夕阳映亮云朵，一个瘦瘦高高的大男孩儿，独自在林中寻找。九月的草莓，仿佛一位外国散文家曾采摘过的，沾满雨滴和六月的气息。雨夜的岸边，整整一夜的蛙鸣，还有凋落的花瓣，昏黄的灯火，全被那个男孩捡去，涂在寥落小镇的寂寞上，成了一幅湿淋淋的水墨画。

春天到了，漫山的桃花，无论阳光柔和的日子还是烟雨迷蒙的时刻，都诗一样的美丽。依然是黄昏时，朋友走出很远，望着远山，真诚地期盼着，有一天，我这个志同道合的姐姐，会飘然从山路上驶过的班车上走下，在北方朴实的山中，欣赏他故园绚丽的桃花。

在远山外的一个小城内，常常是在天空铺满绚丽云朵的黄昏或灯光安逸的夜里，品读着他诗的信笺，如他所说，用一颗无瑕的心，浪漫而温柔地与朋友进行灵魂的交流。胸中，构思着一幅幅绝美的风景。

那时候，我们不需要他人的赞誉与追捧，没时间涉足世俗的欲望与猜忌，只希望心如天空般纯净而美丽。我们用踏实的劳动证明自己的能力，把写作当成一种事业，尽管艰难，但我们创造着属于自己的生活。

“要记住我们的梦想很多很多/要记住我们的热情/永远像夏天一样热烈/记住中学时代难忘的日子/我们曾发誓不做/人生的过客/而要亲手叩响命运之门/做那未来生活的强者！

你看那奋飞的云雀/多么矫健/而属于我们的大地与天空/又有多么辽阔/友谊与理想/永远不会消亡/相信我们年轻的心灵/也不会被山水分隔……”读着他的信，和他一起，被徐鲁的《热爱生活》感动着。

白驹过隙，曾经频繁的信渐渐少起来，感觉日子慢慢消磨着我们的信念和意志，世俗的芜杂侵蚀着我们的灵魂。偶尔的交流，读出了初衷的改变。朋友明白了人与人并非总是真诚，也学会了不太真诚地处事，爱上一个女孩儿却因家庭的压力而被迫分手，看着恋人痛苦地消沉，深深地愧疚于心。不知又经历了哪些事情，朋友终于离开校园，改行到了县城从政。远离了书信，电话中疏疏落落的联系，朋友对我热情如故，言谈中却多了世俗的寒暄，官场的干练。他已经离少年时的梦想越来越远，但能够觉察，在他的心灵深处，仍有一片神圣的故园。

朋友的故园，因了漫山遍野的桃花，而有了春天里一年一度的节日。几次约请，都因这样那样的缘故，未能赴桃花的盛会。十年前，毕业聚会，与朋友聚首长谈，呼姐唤弟，情浓如故。比起学生时代，朋友高了，也胖了许多。那个瘦瘦的诗人的影子，已经模糊了。

一面之后，除了节日里发个短信，两年没有联系。那年春节，朋友兴奋地打来电话，约我上 QQ 聊天。于是，有了几次坦诚的长谈。感动于朋友待我的真纯如昨，也为他的变化而忧虑。字里行间流露出对于职位和物欲的追求，回首懵懂清纯男女生连手都不敢拉的青春时代，朋友有些遗憾。几次长聊，感受到朋友从政后的意气和自信，也隐隐觉出他的浮躁。

最后一次聊天是那年他故乡的桃花盛开前，这一次，朋友发出最诚挚的邀请，并附上一首他的近作《故园的桃花》。聊天记录早已丢失，但依稀记得，朋友愿做一颗移动的桃树，开出最美的花朵，为故园歌唱。

那年四月中，正是朋友故园的桃花盛开的季节，期待着他的电话，却最终没了音信。五一前，去离朋友不远的城市，给他发了短信:

“烦恼时，望一望天上的流云，掬一缕远来的清风。云中有浓浓的祝福，风中有清馨的问候。”然而，朋友永远看不到云中的祝福，听不到风中的问候了。五一节刚过，就从另一个同学的电话中得知，朋友突发脑淤血，昏迷已近一月，成了植物人。心一下子沉重了起来。这个才华横溢的小弟，仅仅三十多岁呀！到底是什么原因，让这棵要给故乡行吟的树轰然倒下？有同学说，公务繁忙，应酬太多，再加上一些不如意，情郁于中，是他发病的原因。还有的说是因为家族的遗传。我却记得，曾经意味深长地对他说过，把一餐一饭作为幸福的标准，幸福才来得容易而香甜。

最近几年，几次间接问询朋友的情况，答案总是让人心情沉重。如今又到桃花芳菲的季节，又想起远方的朋友。小弟，已永远地离开人世。今生，永远无法在他的引领下，去欣赏他故园的桃花了。我们曾经把文字的丛林作为生命的桃花源，然而，怕是那缤纷的句子于他，和他故园的桃花于我一样，永远成为彼岸的烟花之梦了。

今夜的雨，在窗外低吟，以后的岁月，桃花依旧笑春风。然而，人面何处？桃花，成了永远的心痛。

守住发芽的梦想

田野里，明月下，清风中，豆子们还只是一粒粒青豆，睡在豆荚的摇篮里。青豆们或许都有过“天生我材必大用”的本真梦想：当有一天迸出豆荚，以饱满的金黄接受过阳光的检阅，一定要欢快地跃入一方沃土，汲取水分和营养，萌出茁壮的新芽，长成枝繁叶茂的一株，开花结实，体验一大群青子变黄的慈母之乐，实现黄豆一生最大的价值。

成熟见光的黄豆，圆溜溜的模样纯真质朴，有着营养丰富的内涵。然而，并非每粒豆都愿意守住这份淳厚，在静寂角落挨过苦寒长冬，等待在春日泥土中发芽的机会。不知有多少粒黄豆开始向往餐桌上的繁华，期冀得到世人的青睐。因为质地坚硬，滋味寡淡，黄豆并不见爱于众人。于是，许多豆子跳入锅中，经过火煎水煮，成为炒豆或煮豆，跳上了餐桌，供人们享用；更有甚者，宁愿忍受泡、磨、滤、煮、混入石膏的过程，华美变身为豆腐，混入喧哗人间，成为迎合众口的美味！

求学时代，我们都是与明月清风为伴的多梦青豆。我读师范时，有两位天赋过人、才华横溢的男同学：一个酷爱文学，坚持阅读和练笔，很快就在《少年文艺》上发表了自己的处女作，然后一发不可收拾，成了为同学称道的“小作家”；一个钟情美术，刻苦学画，校园的树下、花园里，美术室中，天天有他绘画写生的身影。毕业前，他的个人画展震撼了整个校园，他也成为受同学瞩目的“准画家”。

毕业后，同学们各自回家乡工作。“小作家”回到大山深处教书，在乡村校园里度过了寂寞而诗意的几年。教学之余，他看大山深处的霞飞霞落，看漫山遍野的桃花变成累累果实，看枫叶由绿而红，看秋雨黄昏次第亮起来的农家灯火；林中漫步，他采蘑菇、摘草莓、构思作品、思考文学与生活。在他频频飞来的信件中，我有幸分享了他浪漫充实的生活和不断收获的文学硕果。然而他远离尘世、不被关注的孤独与怀疑，也春草一样在信中的字里行间萌芽滋长、蓬勃成一丛丛，一簇簇。终于有一天，他告诉我，已经跳出山野，跳槽到了县城某机关。由办事员到一个部门的负责人，讷于言辞的他，不知历尽了多少艰辛！同学聚会时，“小作家”的影子已逝去无踪，对面坐着的是一位“志得意满”的“领导”。在他失之自然的“谈笑风生”里，我洞察到他心底对文学根深蒂固的眷恋。

又是几年过去，突然传来他倒下的消息。那个敏于心的纯情“小作家”，工作生活上积聚起来的压力和苦闷再也没时间从笔下排遣，酗烟，酗酒，终致突发的脑淤血。模糊中，我听到多年前那粒青豆在明月下的低语：“要让我们的文字，扮靓世人的精神家园。”这低语，伴着二十年前的清风，成了永远的烟花之梦。

毕业后，“准画家”回到城市教书。他的消息，我多是从与他同城的同学那里听到的。教书辛苦，他却报了夜校继续学画，无暇写信，无暇恋爱；他考上了师专美术系；他师专毕业后又到了某职中教书，不被赏识，依旧“我行我素”，白日教课，晚上攻读画论、练习画技；他考上了中央美术学院读研；他研究生毕业被某大学聘去教油画；他恋爱结婚，生儿育女；他成了国内外油画界小有名气的画家……

两个同学的故事，于千千万万世人中，只是再寻常不过的故事。或许，这沧海之两豆，可以作为一斑窥得豹之一尾或半身吧？作为一粒豆，别为了赶赴餐桌的浮华，迎合众人的口味，就急着被煎被煮，“千磨百变”化身豆腐。不妨于淡泊宁静处，默默坚守住发芽的梦想，留住生命价值最丰硕的希望。

情谊密码

闷热的酷夏，我组织阅全市统测试卷。上午的阅卷工作结束时，一个淳朴美丽的女教师，从身后墙角边拎出一个胀鼓鼓的大塑料袋，虔敬地走到我面前。因长时间在蒸笼般的教室中阅卷，她满脸潮红，微笑都是汗涔涔的。

“王老师，这是我给你掐来的马齿苋。前天就开始想给你带点什么好，觉得你什么也不缺。想起你支教时喜欢挖野菜，今天就起了个大早去我家房后空地上掐。”甜美的声音，透着我几年前就熟稔的温柔。

大塑料袋拎在了我手里，沉甸甸的，足有十来斤重。洁净的袋子里，嫩红的茎，嫩绿的叶，挨挨挤挤，排列整齐。掐满这样鲜嫩可人的一大袋子，手指至少要拨过几百上千棵马齿苋，花上几十上百分钟时间吧？八点前赶到阅卷点，这位老师家在几十里外的偏僻乡村，七点钟就要坐车出发。她多早就起来去掐野菜了呢？这天清早就闷热难耐，她的脸，从掐野菜时就被汗涔涔的潮红淹没了吧？

几年前，我曾去这位女教师所在的乡村小学支教。支教的路，曲折颠簸，清早六点多从小城坐汽车出发，晚上六点多回到小城。午饭在学校吃，六个人的饭菜，由我们三个支教的女士在小煤炉上自力更生。日子艰苦，却有滋有味。春天，千千万万棵绿色花朵般的鲜嫩荠菜，从校园周围的麦田里、空地上绽出来。荠菜的白花绽开前那段时间，午休时，三个女士常到校园外挖荠菜。挖荠菜的午后，沐过暖阳，冒过细雨，顶过风沙。回到简陋的宿舍，三双巧手，将那无数朵土地馈赠的绿，一朵朵择干净，去了根。第二天上午课余，和面，将荠菜反复清洗，用开水烫过，攥去多余水分，剁成碎末，与从城里买来的猪肉馅、各种作料搅拌均匀，再一阵忙碌，就到了午饭时间，营养鲜香的猪肉荠菜饺子便煮熟上桌了。

三位男士并不吃闲饭，劈柴、生炉火，换煤、倒煤灰，将炉子屋里屋外地拎来拎去，提着空水桶到室外接满水再提回……所有脏活累活，由他们承包。小学没有住校的老师，需两人一组轮流值班，隔三差五就轮到一次。我们几个支教的女士胆子小，几位男士就常替我们值班。替我们值班的，还有当地女教师的爱人们。这位掐马齿苋给我的女教师，就曾多次让爱人替我们值班。

那个春天，我们包的猪肉荠菜饺子以清香可口在小学闻名。当地老师几乎都吃过我们的野菜饺子。有时特意先煮些请他们尝鲜，有时天气不好留他们一起吃。有独门厨艺的老师也常带给我们惊喜。一位姓郝的老大姐，早晨四点多就起床，给我们烙出几十张玉米面饼，上班时带到学校。午饭时，薄而脆的玉米面饼，抹一层甜面酱，夹几棵生荠菜，玉米黄，酱紫，荠菜绿，舌尖上的春天，色、香、味、情俱鲜。

一年的支教生活，我们与当地老师建立了深厚的情谊。我们不仅工作全力以赴，还热心地替当地老师跑腿，从城里捎回各种化妆品、生活用品……那个荠菜飘香的春天，我们自费买来一百多棵月季花苗种在校园里。盛夏，支教生活结束于月季花绚丽醉人的芬芳里。

那个荠菜勃发的春天，周五的黄昏，我把午休时挖回的荠菜带回小城，沉甸甸的，一大袋子，又一大袋子。乍暖还寒的春夜，坐在矮凳上，对着倒在地板上的一大堆荠菜，专心致志地择选、去根。大朵的鲜嫩，装进准备好的洁净塑料袋，一朵，两朵……十朵……袋子将满时，已装进五百棵花朵一样的荠菜。五百棵精心择选的荠菜，恰似五百朵情谊的小花，美好纯净，绝无污染。夜深人静时，几个鼓鼓的袋子里，几个五百棵，都是这样的情谊花朵。第二天，分送给同城的亲友，乡野的荠菜香，便绽放到他们的餐桌上。

再往前追溯到我小时候，吃野菜长大的母亲，偶尔会把精工细作的野菜端上餐桌，荠菜、苦菜、蒲公英、马齿苋……凉拌、做馅、煎摊……母亲借此忆苦思甜，也教育我们懂得珍惜。

从儿时初尝、初知野菜，初次挖野菜，到如今懂得一些野菜的食疗药用价值、以野菜为美味……一路走来，野菜，牵系着生命记忆里越来越多的温情美意。

这个酷夏的中午，拎着女教师掐来的野菜，心中微澜暗起。如果能望见，我感动的心也一定是湿润潮红的模样。袋中的马齿苋如一串情谊的密码，悄然开启通向往昔的门。一幕幕与野菜有关的记忆，温馨美好，鲜嫩如初。

春种一场雪

入冬后，总在盼一场记忆中的雪。记忆中的雪，飘飘洒洒，纷纷扬扬，漫天遍野，远非一个“大”字能够形容得了。雪花扑面，雪团在握，雪路前行，感觉都是冬天特有的冰凉。然而忆念中苍苍茫茫的雪白，却铺天盖地的阳光般透着融融暖意。

童年的故乡，一场大雪刚停，白莹莹的房前屋后，处处玉树琼花。我和一群年纪相仿的孩子，在树下游戏。拼尽力气晃一下树干，便有千朵万朵雪花，鹅毛一般，欢欢喜喜地飞落下来，缀在发间，扑在脸上，扮靓了我们的新衣裳。一棵树上的落雪停下，再跑向另一棵树。爱雪的孩子们，以这样的方式，让一场停下的大雪，下了再下。

“三奶奶和家里人闹别扭，独自翻过河堤，向大清河的方向去了！”消息不知从谁的口中传播出来，迅速变成树枝上的无数片鹅毛，树一晃，枝一摇，便簌簌飘向东邻西舍，落进老老少少的心里。

得知这个消息时，我和伙伴们正各自披了一身雪，从一棵树下跑向另一棵树下。我停住脚步，望向不远处的河堤。通向河堤的小路，还铺着皑皑白雪，大人们还没来得及将积雪清理到路边的坑里。几行凹下去的雪窝儿，大大小小，深深浅浅，向着河堤蜿蜒而去。那是人们的脚印。那浅而窄小、前尖后圆的雪窝儿，是三奶奶三寸金莲的印迹。

三奶奶是如何蹒跚挪移着，翻过雪堤走向雪野的？想象中的画面，天地苍茫，白雪载途，灰衣黑裤的瘦弱老太太，驼着背，艰难地舞动着一双裹过的小脚。天地苍茫，却不苍凉，行动再艰难，也还是“舞”着的。因为三奶奶很快“凯旋”而归，她的离家出走，便带上些喜剧色彩。她要去哪里？不知道。她走到了哪里？也不知道。三奶奶出走的前因和经过细节，也都不知道。小孩子懒得问这么多。我们只看到三奶奶归来的镜头：她伏在正值壮年的儿子背上，含嗔带笑地被邻居们簇拥着，年迈的女英雄一般“凯旋”归来。

出走归来后，三奶奶一如既往，面容慈和，温言笑语，晃着一双小脚，忙碌在她家屋内的炕头、锅灶，院子里和院外柴垛之间。三奶奶家灶间悬挂着的篮子，总勾引着我们肚子里的馋虫。三奶奶一次次惦着小脚，摘下沉甸甸的篮子，取出吃食递给我们这些东邻西舍的孩子。她递给我们的，常常只是一块玉米面饼子，一个玉米面包子，然而，我们总能吃出幸福甘甜的味道。

关于三奶奶，最幸福甘甜的记忆，是大雪后的清晨，三奶奶家饭桌上热腾腾的香气。桌上，有给我凉的一碗粥，为我准备的一双筷子。我坐在桌前，三奶奶殷勤地看着我和她孙女一起吃。主食和菜盘，靠近我这边。“大雪天的，吃饱了不冷！”多少年后的冬天，想起她的话，仍有暖暖的气息扑面而来。小学时，我和她孙女是同学，每天一起去上学。为了生计，冬闲时，我年轻的母亲每每忙碌到深夜，因为困倦，早晨常睡过头，来不及给我们做早饭。三奶奶每天都多准备一份早饭，我在她家吃早饭，也就成了常态。我奶奶去世早，来自祖母的关爱，是从这位远房的三奶奶那里享受到的。

那天三奶奶被背回来后，通往河堤的雪路，不知被哪家的大人很快清扫出来。干净的白雪背景之上，一条干净的黄土小路，向着长堤，蜿蜒而去。小路靠近村庄的这头，和另几条刚被清扫出来的黄土小路相接，可以通向各家各户。村里的大人们，除了扫净自家门前雪，也从来把扫净别处的雪方便他人看作赏心乐事。

有大雪相伴的冬天，母亲喜欢追溯温馨的往事，娓娓地向我们叙说。寒冬腊月，舅舅出生后，姥姥没有奶水。住在村北头的二妈听说了，便主动到村子中间的姥姥家，给舅舅喂奶。二妈刚生下儿子不久，奶水足。那年春节前，雪大得要没过小腿，却挡不住二妈母性的脚步。二妈的乳汁，一直哺育舅舅到七个月大。那样的年月，村里很少有人见过奶粉，一个母亲的乳汁，喂自己孩子的同时，捎带喂养别家的婴儿，在村子里并非绝无仅有的事。

记忆中纯净的大雪，承载着温暖质朴的乡邻情。与大雪之冬相连的，是麦苗复苏、草长莺飞、忙碌耕耘的春光。与春相接的夏季，雨水丰沛，作物欢欣，直奔向硕果累累的丰收秋景。有大雪点缀的冬天，是四时田园美丽画卷的一部分。三奶奶出走时未抵达的那条大清河，除了冬日冰封覆雪，一年三季河水丰美、清流汩汩、水草清丽，是一条名副其实的大清河。三奶奶生活了一辈子的村庄，像大清河一样清净幽美。因为长堤外田野尽头的大清河，记忆中干净温情的村庄田园，更添了清清河水般的柔软和润泽。

如今，我在距故乡几十里外的小城。刚刚过去的一年，一冬未见一场像样的雪。第一场雪，据说落在下午，我因事请假在家，没有出门。看微信，有人说下雪了，看窗外，却不见雪飘。第二天早晨上班，路上干燥得很，天地间不见一点雪迹。那场短时飘下的小雪，小到无痕。第二场雪，落在黄昏。我从饭店出来去商场，路上，雪末儿飘零，落地即化。从商场出来，雪已停下，路上只泛着一层薄薄的湿意。

雪落无痕的冬天，习以为常的，是黯淡了天地的雾霾，是空气中呛人的汽油味和煤烟味。许多小孩子，被父母关在房间里，隔着玻璃防雾霾。我的父母，早已随弟弟搬进高楼林立的小镇，饮食起居，享受着与城里人一样的待遇。春节前回去，与亲友见面，言谈话语间，总充盈着一个“钱”字。以箱包生产为特色、小商品批发业发达的繁华小镇，没有钱如何能撑得起那么多大厦高楼？开车路过童年生活的村庄，旧屋瓦房也多被新式小楼取代。记忆中洁净的村庄，零落着生活垃圾、生产垃圾。堤外的田野，大片地荒芜着，大清河坑坑洼洼的河床里，偶见一汪浓稠的污水。

大年初一的黄昏，空中居然飘飘扬扬地落起雪花。因为一些烦心事，一个人到街上漫步。突然想起雪后出走旋即被乡邻追回的三奶奶，再想想自己，同是小郁闷，我陌生的东邻西舍，无一人知。

这场春雪下过，很快化去。这场雪也远不是记忆中的大雪。与大雪有关的人事情景只在记忆中浮动。这个春天，我愿将这场春雪虔诚地种下，种在小城的街街巷巷，也种在故乡的村镇田园。希望纯净的雪花，在我们生活的土地上生根发芽，开出密密层层纷纷扬扬的雪花，开出绵绵软软温温暖暖的情花，将未来的冬天，扮得银装素裹，柔美丰盈。